Está linda la mar

Para entender la poesía y usarla en el aula

Alma Flor Ada
F. Isabel Campoy

SANTILLANA USA

© De esta edición:
2015, Santillana USA Publishing Company, Inc.
2023 NW 84th Avenue
Doral, FL 33122, USA
www.santillanausa.com

© Del texto: 2015, Alma Flor Ada y F. Isabel Campoy

Dirección editorial: Isabel C. Mendoza
Supervisión de proyecto: Claudia Baca
Cuidado de la edición: Gabriela Prati
Editora: María Á. Pérez, M. A.
Ilustración de la portada: Marcela Calderón
Diseño gráfico: Noreen Shimano

Está linda la mar: Para entender la poesía y usarla en el aula
ISBN: 978-1-63113-2735

Conéctese a santillanausa.com/spanishpoetry/ para descargar en forma digital actividades adicionales, así como organizadores gráficos. Utilice la siguiente información para iniciar la sesión de acuerdo a su nivel:

Nivel K-1	Usuario: spanishpoetryk-1	Contraseña: teacherk-1
Nivel 2-3	Usuario: spanishpoetry2-3	Contraseña: teacher2-3
Nivel 4-5	Usuario: spanishpoetry4-5	Contraseña: teacher4-5
Nivel 6-8	Usuario: spanishpoetry6-8	Contraseña: teacher6-8

Si algunos títulos no estuvieran disponibles se sustituirán e incluiríamos actividades para los nuevos materiales de lectura en el sitio web descrito arriba.

Published in The United States of America
Printed in The United States of America by TKTKTKTK

Para quienes
descubren en la poesía
nuevos horizontes de belleza
y en particular para los maestros
que enriquecen con poemas
la vida de sus alumnos
y sus familias.

Y en recuerdo de quienes nos enseñaron
a disfrutar la poesía desde muy temprano.

AFA & FIC

▶ Agradecimiento

Cada libro es el producto del esfuerzo de muchos.

Agradecemos a Isabel Mendoza, por invitarnos a la creación de este libro.

A Gabriela Prati por llevar a buen puerto, con dedicación y cariño, este proyecto.

Y a todos los miembros del equipo SANTILLANA por su fiel y constante apoyo a nuestra obra.

CONTENIDO

Introducción

El lenguaje es la creación humana más importante. Nos permite comunicar ideas y expresar sentimientos, así como recoger experiencias y conocimiento y trasmitirlo a las nuevas generaciones. Gracias al lenguaje, cada generación ha podido conocer los logros y hallazgos de generaciones anteriores. Los educadores sabemos bien la estrecha correlación que existe entre un buen manejo del lenguaje y un vocabulario amplio, y la facilidad de los estudiantes para comprender y disfrutar la lectura y el éxito académico en general.

Entre las aplicaciones del lenguaje, la poesía destaca de modo especial. Ha sido un componente de todas las civilizaciones desde tiempo inmemorial. Es una manifestación de que los seres humanos no nos satisfacemos solo con lo útil, sino que también perseguimos el placer estético. La poesía, mediante un uso original del lenguaje, puede ofrecer la sorpresa de lo inusitado o el reconocimiento de sentimientos propios, una visión distinta de la realidad o un refuerzo de lo que nos es querido, un gozo a través de la musicalidad y el ritmo o puede arrancarnos una sonrisa con una imagen humorística.

La poesía es un regalo imperecedero que podemos hacer a los niños y jóvenes. Por medio de la poesía enriquecerán sin esfuerzo su vocabulario y su manejo del lenguaje; asimismo, adquirirán una mayor comprensión de quiénes son y una capacidad reflexiva que les será útil en todos los aspectos del conocimiento.

Este libro se ha escrito con un profundo reconocimiento de la labor que realizan los maestros; labor que a lo largo de muchos años hemos tenido la ocasión de presenciar. Tiene como finalidad ayudarlos a compartir la poesía con sus estudiantes, a guiarlos en su análisis y disfrute de la misma y animarlos a descubrir que también ellos pueden ser poetas.

El libro está dividido en tres secciones:

I. **¿Qué es poesía?** – En esta sección se presentan las formas poéticas más frecuentes en español y se explican los principios necesarios para el análisis de la rima, la métrica, las estrofas y los recursos estilísticos empleados en poesía. Las explicaciones se respaldan con numerosos ejemplos, tanto de poetas contemporáneos como de autores del pasado.

II. **Poesía en el aula** – En esta sección se ofrecen sugerencias prácticas para presentar y analizar la poesía con estudiantes de distintas edades y niveles. También se invita a los maestros y estudiantes a crear poesía, para lo que se ofrecen numerosas actividades que facilitan el proceso creativo.

III. **Relación con el hogar** – En esta sección se analiza la valiosa relación que debe existir entre los maestros y los padres y se proporcionan ejemplos de actividades que, mediante la poesía, contribuyen a facilitarla.

Además, el libro incluye en los apéndices listas de obras poéticas para disfrute de los maestros, libros de poesía para deleite de los estudiantes, así como un pequeño diccionario de la rima y un índice.

La mejor pedagogía es el ejemplo. Nada ayudará tanto a nuestros estudiantes a apreciar la poesía que el ver que nosotros la amamos. Nada los animará tanto a escribir poemas como el que compartamos con ellos los poemas que nosotros escribimos: poemas auténticos, sin rimas falsas ni retruécanos, con la limpieza de los grandes poetas, con la sencillez que nos enseñó José Martí en sus *Versos sencillos*.

Nada podrá satisfacernos tanto como saber que este libro contribuye a enriquecer la presencia de la poesía en la clase. Esperamos que sea de ayuda para conocer mejor la riqueza de la obra poética en español, estimular la lectura de poesía, disfrutar el encanto de recordar poemas preferidos y descubrir el goce de crearlos.

¿QUÉ
ES
POESÍA?

I. ¿QUÉ ES POESÍA?

¿Qué es poesía?
¿Y tú me lo preguntas?
Poesía eres tú.
      "Rima XXI", GUSTAVO ADOLFO BÉCQUER

Cuando el poeta Gustavo Adolfo Bécquer escribió estos versos, hoy ya famosos, los dirigió a una joven en especial. Pero puede pensarse en ellos como una definición de la poesía: poesía eres tú, lector o lectora, lo es cada uno de nosotros, porque poesía es la expresión de nuestros sentimientos, nuestras emociones y recuerdos, nuestros sueños, la sorpresa de percibir algo nuevo o de descubrir algo asombroso en lo que vemos todos los días. Poesía es todo lo que sabemos o imaginamos, cuando logramos expresarlo en palabras, cuando le arrancamos una sonrisa a la vida.

Todas las culturas han creado poesía, y existe en todas las lenguas. Al principio la poesía se creaba solo oralmente, y se recitaba o se cantaba. Todavía es así en las culturas que no tienen sistema de escritura. En las que lo han desarrollado, fue solo mucho más tarde cuando se empezó a escribir poesía.

En nuestro idioma, muchos hermosos poemas han sobrevivido a través de los años. Se recitaban, nuevas generaciones los memorizaban y los repetían, y así han permanecido vivos por siglos. Muchos otros habrán desaparecido. Hoy en día siguen naciendo poemas en los labios de los poetas populares, muchos de los cuales se escriben y acaban en nuestras manos.

Siempre ha habido poetas, trovadores y juglares que han acompañado los poemas con música. Desde la cítara de los griegos hace 25 siglos y los laúdes de los juglares medievales hasta la guitarra de los cantautores de nuestros días, la palabra y la música se han unido. Estos artistas y autores han marcado estilo, han cambiado de ritmo, han elegido temas distintos, pero siempre han logrado llegar al corazón de la gente, de cualquier edad.

En todas las culturas, a los poetas se los ha considerado personas especiales, poseedoras de un don, capaces de expresar de forma memorable, es decir, fácil de recordar, ideas y sentimientos que se pueden reconocer como propios. Ya sea en la Grecia y Roma clásicas, en las culturas milenarias de Japón y de China, en las extraordinarias civilizaciones de América Central y del Sur, o en las islas de Micronesia, los poetas han sido admirados y reverenciados.

La cultura hispanohablante ha sido rica en poesía a lo largo de toda su historia, y algunos de los mayores poetas del mundo han creado en español. Jorge Manrique, Miguel de Cervantes, Lope de Vega, Francisco de Quevedo, Luis de Góngora, fray Luis de León, santa Teresa de Jesús, san Juan de la Cruz, sor Juana Inés de la Cruz, Gustavo Adolfo Bécquer, Gertrudis Gómez de Avellaneda, José Martí, Miguel de Unamuno, Antonio Machado, Juan Ramón Jiménez, Jorge Guillén, Pedro Salinas, Miguel Hernández, Federico García Lorca, Juana de Ibarborou, Alfonsina Storni, Nicolás Guillén, Francisco Matos Paoli, Martín Adán, Arturo Corcuera, Washington Delgado y Mirta Aguirre son solo unos cuantos nombres entre muchos, muchísimos, que quienes hablamos español podemos disfrutar y apreciar.

No hay límites de edad para disfrutar los buenos poemas. En ocasiones, grandes poetas que escriben principalmente para adultos han escrito también poemas, o incluso libros, para niños, como "Un son para niños antillanos" de Nicolás Guillén o *Ismaelillo* de José Martí. También hay poetas que se han dedicado a crear de manera particular para los niños. Este es el caso de Francisco X. Alarcón, Dora Alonso, Germán Berdiales, Elsa Isabel Bornemann, Jaime Ferrán, Ester Feliciano Mendoza y María Elena Walsh, entre muchos otros.

Toda la poesía que se ha escrito en el mundo nos pertenece. Para que un poema sea nuestro para siempre, solo es necesario disfrutarlo y recordarlo. Los poemas son un tesoro que nadie podrá arrebatarnos, que podemos llevar con nosotros por todo el mundo sin pagar exceso de equipaje y que nos acompañará cada vez que lo deseemos o que lo necesitemos.

▶ Poesía en verso y en prosa

Generalmente, la poesía consta de versos, es decir, de una serie de líneas más o menos breves. Sin embargo, no siempre es este el caso. Hay algunos poetas, como Juan Ramón Jiménez y Rabindranath Tagore, capaces de escribir prosa lírica, que es otra forma de poesía. El hermoso libro *Platero y yo*, de Juan Ramón Jiménez, está escrito en esta forma de poesía. Esta es la descripción poética de Platero, con la que comienza el libro:

> Platero es pequeño, peludo, suave; tan blando por fuera, que se diría todo de algodón, que no lleva huesos. Sólo los espejos de azabache de sus ojos son duros, cual dos escarabajos de cristal negro. Lo dejo suelto y se va al prado y acaricia tibiamente con su hocico, rozándolas apenas, las florecillas rosas, celestes y gualdas… Lo llamo dulcemente: "¿Platero?" y viene a mí con un trotecillo alegre que parece que se ríe, en no sé qué cascabeleo ideal…
>
> de *Platero y yo*, JUAN RAMÓN JIMÉNEZ

No es difícil entender que esta prosa es distinta de otras, y reconocer que estas palabras, a la vez que describen, deleitan de una manera especial. No es difícil, por lo tanto, comprender que son poesía.

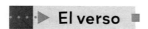

El verso

La palabra verso viene del latín y está ligada en su origen a términos como *vuelta*, *volver*, *revertir* (devolver a su origen), *reverso* (el otro lado). Su significado se relaciona con la idea de vuelta, regreso, retorno, algo que va y viene, que reaparece. Puede decirse que el verso es una forma de escribir (o componer) que crea en el lector (o el oyente) una expectativa particular, que le hace aguardar una determinada forma sonora, esperar la repetición de un elemento percibido antes en el poema.

Los elementos que se repiten en el poema pueden ser:

- **la medida**, una pausa cada determinado número de sílabas
- **el ritmo**, reiteración del acento cada determinado número de sílabas
- **la rima**, repetición de sonidos finales
- **una secuencia armónica de ideas y sonidos**

La poesía puede prescindir de estos elementos y, de hecho, mucha de la poesía contemporánea se escribe en verso libre. Sin embargo, conocer el conjunto de reglas que fundamentan gran parte de nuestra poesía contribuye a apreciarla. Es importante tener presente que los mejores poemas en verso libre han sido, en muchos casos, el fruto de un amplio conocimiento de la poesía clásica.

El verso libre

La poesía en verso utiliza con frecuencia recursos formales que le aportan musicalidad, como la métrica, es decir, el número de sílabas de cada verso, y la rima. Vamos a ver algunos de estos recursos, pero es importante insistir en que ninguno es necesario para que haya poesía y que existe poesía en verso que no los usa. Cuando la poesía se escribe en verso, pero no sigue recursos formales, se la llama verso libre. Este es un ejemplo:

> Computadora, buena amiga,
> confidente de mis secretos,
> me ayudas a escribir palabras
> a deletrearlas bien,
> pero sobre todo,
> tienes paciencia con mis errores
> y me dejas borrar y cortar y pegar
> ¡y al final, no se ven los borrones!

"Computadora", fragmento, ALMA FLOR ADA

 ## Longitud del verso

El verso más común de la poesía en español es el verso de ocho sílabas u octosílabo. Los antiguos romances y las canciones populares constan de versos octosílabos, así como muchas de las rondas infantiles. Sin embargo, es importante aclarar que los versos pueden tener cualquier número de sílabas.

A los versos de ocho sílabas o menos se los llama de **arte menor**. Según el número de sílabas que contengan pueden ser **bisílabos** (2), **trisílabos** (3), **tetrasílabos** (4), **pentasílabos** (5), **hexasílabos** (6), **heptasílabos** (7) y **octosílabos** (8). A los versos de nueve sílabas o más se los llama de **arte mayor**. Pueden ser **eneasílabos** (9), **decasílabos** (10), **endecasílabos** (11), **dodecasílabos** (12) y **alejandrinos** (14). Los versos de arte mayor más comunes en español son los eneasílabos y los endecasílabos.

Para determinar el número de sílabas del verso no basta contar las sílabas regulares, sino que hay que tener en cuenta consideraciones especiales que se explican más adelante. Una de ellas, es que todos los versos deben ser llanos, es decir, cuando la última palabra es aguda, para efectos de la métrica se añade una sílaba más. Por eso no hay versos monosílabos.

El poeta Rubén Darío escribió hermosos poemas con largos versos de 14 sílabas, conocidos como alejandrinos. Pablo Neruda también utiliza este verso en uno de sus poemas de amor más celebrados.

> Puedo escribir los versos más tristes esta noche.
>
> Escribir, por ejemplo: «La noche está estrellada,
> y tiritan, azules, los astros, a lo lejos».
>
> El viento de la noche gira en el cielo y canta.
>
> de *Veinte poemas de amor y una canción desesperada*,
> PABLO NERUDA

Y la poeta Silvia Novo Peña, cuando escribe para los niños latinos de los Estados Unidos, participa en la tradición de la poesía épica al narrar las aventuras de dos nobles que son un gato y un perro. El insólito empleo de estos sonoros versos alejandrinos para narrar estas aventuras contribuye a su encanto.

Este es el primero de los nueve cantos del poema.

> Igorín Micifuz iba muy de mañana
> con su capa de seda y su gorra de pana,
> el bigote atusado con esencias de China,
> un monóculo ruso y una real leontina.
> Iba corre, corriendo, por el gran bulevar,
> iba rumbo al palacio a la orilla del mar;

para hablar con el noble Maximín Caninburgo,
heredero del trono imperial de Esmisburgo.
Igorín es ministro y asesor de la corte,
veterano guerrero de las guerras del Norte,
siempre listo a servir sin pensar en la hora,
sea tarde en la noche o temprano en la aurora.
Es por eso que corre a asistir al señor
Maximín Caninburgo, Príncipe Emperador:
Maximín lleva días que no roe ni un hueso.
¡Tanto sufre en silencio el famoso sabueso!
Pues le ha dicho el espía Canarín Canarito,
en traiciones malignas distinguido perito,
que preparan ataque en Perlinterracán,
la ciudad enemiga de las Lomas del Pan.
Es Perlinterracán un lugar de misterio.
Tiene torres con barbas y, en su gran cementerio,
un pantano gigante con cien mil cocodrilos
que han traído por balsa de las aguas del Nilo.
Los perlinterraqueños son enanos violáceos
que se nutren de nutrias y de piel de batracios.
Es su alma más negra que una cueva de arañas,
más feroces y crueles que un millar de pirañas.
Quieren estos malditos conquistar el planeta
para luego pintarlo de color de violeta
y el primer golpe artero es vencer a Esmisburgo
y matar al valiente Maximín Caninburgo.

> "Las aventuras de Igorín Micifuz", fragmento, SILVIA NOVO PEÑA,
> en *Kikiriki*

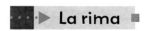 La rima

Uno de los recursos que se emplean en la poesía es la rima, o igualdad de los sonidos finales entre dos o más versos. En español hay dos tipos de rima, ambas de igual importancia: la rima consonante y la rima asonante.

La rima consonante

La rima consonante se produce cuando en dos palabras al final del verso todos los sonidos, desde la última vocal acentuada, son iguales. Conviene recalcar que no se trata de una

los sonidos. Por consiguiente, riman *protege* y *teje, lava* y

...y desp**acio**,	**a**
...l**eta**	**b**
... un atl**eta**!	**b**
...na del esp**acio**.	**a**
...l cuerpo en las an**illas**	**c**
...e flexible y er**ecto**.	**d**
...enso mis músculos. R**ecto**.	**d**
Sin encoger las rod**illas**.	**c**

"Solo sé...", fragmento, Mᴀʀíᴀ Eʟᴠɪʀᴀ Lᴀᴄᴀᴄɪ, en *Poesía española para jóvenes*

Alza el alba los cam**inos**	**a**
con lo mejor de su f**uego**	**b**
y sobre el naciente j**uego**	**b**
del sol, la luz y los p**inos**	**a**
vuela un concierto de tr**inos**.	**a**

"Concierto", fragmento, Mᴀɴᴜᴇʟ Cʀᴇsᴘᴏ Vásǫᴜᴇᴢ

¡Ay! ¡Qué dispar**ate**!
¡Se mató un tom**ate**!

¿Quieren que les cu**ente**?
Se arrojó a la fu**ente**.

"Se mató un tomate", fragmento, Eʟsᴀ Bᴏʀɴᴇᴍᴀɴɴ, de *Tinke-Tinke*

Lo usual en los poemas es que la rima se alterne, como ocurre en el ejemplo anterior. Hacer un poema con una sola rima y que no resulte aburrido o artificial no es nada fácil, pero a los buenos poetas les gusta en ocasiones afrontar los retos. Esto es lo que ha hecho Emilia Gallego Alfonso para conseguir este hermoso poema monorrimo sobre el personaje del libro *Platero y yo*.

Viene una estrella por el sendero
—dice la hormiga del hormiguero—.
No es una estrella, es un lucero
—dice el mayito del limonero—.

No es una estrella, no es un lucero
—dice la nube del aguacero—.
Ése que viene por el sendero,
ése que llega, ¡ése es Platero!

> "Llegada", EMILIA GALLEGO ALFONSO, en *Un elefante en la cuerda floja*

Una de las razones del logro de este poema es que la poeta ha empleado palabras que riman, pero que son muy distintas entre sí: *sendero, lucero, limonero, aguacero*. Relacionar palabras que usualmente no se relacionarían es una de las características de la buena rima.

A continuación se incluye otro ejemplo de poema monorrimo. En este caso, la poeta nos sorprende con una secuencia de acciones.

Rebeca está contenta:
anda en bicicleta,
riega la maceta,
pasea en la carreta,
chupa su paleta,
arrulla a su muñeca,
dibuja en su libreta,
viaja en patineta,
toca la corneta...
¡Ah, qué Rebeca!

> *Rebeca*, MARGARITA ROBLEDA

Se necesita esmero para crear una buena rima. Por ejemplo, es muy fácil rimar profesiones que terminan en *–ero*, como *carpintero, zapatero, cocinero, panadero*. De igual manera, es fácil rimar los infinitivos, como *hablar, cantar, bailar, caminar*. Los niños pequeños pueden comenzar con este tipo de rimas fáciles, pero es importante ayudarlos tan pronto como sea posible a separarse de ellas y buscar rimas más originales. **El Pequeño diccionario de la rima** al final del libro puede ayudar a crear rimas originales.

En sus primeras rimas los estudiantes pueden también ayudarse de la onomatopeya. El siguiente ejemplo del poeta español Miguel Hernández incorpora a la rima onomatopeya e infinitivos de manera muy ingeniosa.

Glú, glú, gl**ú**,	**a**
hace la leche al ca**er**	**b**
en el cubo. En el tis**ú**	**a**
celeste va a amanec**er**.	**b**

Glú, glú, glú. Se infla la esp**uma**,   **c**
que exh**ala**   **d**
una finísima br**uma**.   **c**
(Me lame otra cabra, y b**ala**).   **d**

"Cancioncilla de la cabrita", fragmento, MIGUEL HERNÁNDEZ,
en *Poesía española para niños*

Para facilitarles la rima a los estudiantes más pequeños, se les puede dar ejemplos de canciones o rondas tradicionales donde es común el uso de palabras inventadas y repeticiones para posibilitar la rima.

En coche va una niña, carabí,
en coche va una niña, carabí,
hija de un capitán, carabilulí, carabilulá,
hija de un capitán, carabilulí, carabilulá.
Qué hermoso pelo tiene, caribí,
qué hermoso pelo tiene, caribí.
Quién se lo peinará, carabilulí, carabilulá,
quién se lo peinará, carabilulí, carabilulá.

"Para peinarse", fragmento, tradicional, en *El libro que canta*

La rima asonante

La rima asonante se produce cuando en dos palabras al final del verso solo los sonidos de las vocales, desde la última vocal acentuada, son iguales.

Una paloma bl**anc**a   **a**
desde el cielo baj**ó**   **b**
en el pico una r**am**a   **a**
en la rama una fl**o**r.   **b**

TRADICIONAL

En sólo un r**at**o   **a**
no sé cómo es **eso**,   **b**
no falta el ped**azo**:   **a**
¡está bien ent**ero**!   **b**

"Pastel que dura", fragmento, LUIS MARÍA PESCETTI,
de *Unidos contra Drácula*

Pliega bien las **ala**s,	**a**
mírate al esp**ejo**,	**b**
ponte esta guirn**alda**	**a**
de flor de cer**ezo**.	**b**

"Mariquita, mariquita", fragmento, CONCHA LAGOS,
en *Poesía española para niños*

Aunque la rima sea un elemento de muchos hermosos poemas, no es, como ya se ha dicho, imprescindible. Existe la buena poesía sin rima. A su vez, es muy importante aclarar que la rima, en sí misma, no crea la poesía. Es posible rimar versos y no llegar a crear poesía. Lamentablemente, hay muchos ejemplos de versos rimados que no llegan a ser poesía por su escaso valor poético.

 ## La rima en la estrofa

Las rimas, ya sean asonantes o consonantes, pueden combinarse de distintas maneras en la estrofa.

Rima pareada

En la rima pareada riman dos versos seguidos, ya sean asonantes o consonantes.

- rima pareada asonante

Me coge los tr**en**es	**a**
me rompe pap**ele**s	**a**

"Cuida a tu hermana", fragmento, F. ISABEL CAMPOY,
de *Poesía eres tú*

¡Ay! No sé si bien me acu**erdo**	**a**
porque esto pasó en inv**ierno**.	**a**

"La pluma aviadora", fragmento, ELSA BORNEMANN,
de *Tinke-Tinke*

Yo no sé por qué siempre nos reg**ala**n	**A**
cosas inútiles que no sirven para n**ada**.	**A**

"Los regalos", fragmento, ANA MARÍA SHUA,
de *Las cosas que odio*

- rima pareada consonante

Yo hago lo que yo qui**ero**   a
y voy siempre de port**ero**.   a

> "¡Un equipo genial!", fragmento, F. Isabel Campoy,
> de *Poesía eres tú*

¡Arriba, trabajad**ores**   a
madrugad**ores**!   a

> "Pregón del amanecer", fragmento, Rafael Alberti,
> en *Poesía española para niños*

No hay bestia más feroz que un cocod**rilo**,   A
ese animal voraz del río N**ilo**.   A

> "El cocodrilo", fragmento, Roald Dahl,
> de *¡Qué asco de bichos!*

▶ Rima alterna

La rima alterna, ya sea asonante o consonante, aparece solo en los versos alternos. Este tipo de rima es característico de los romances.

¡Quién hubiese tal ventura   —
sobre las aguas del m**a**r   a
como hubo el conde Arnaldos   —
la mañana de San Ju**a**n!   a
Con un falcón en la mano   —
la caza iba caz**a**r,   a
vio venir una galera   —
que a tierra quiere lleg**a**r.   a

> "El conde Arnaldos", fragmento, tradicional,
> en *Poesía española para jóvenes*

Al igual que en los poemas épicos, los cantares de gesta castellanos tenían versos de 16 sílabas con rima asonante. Los primeros romances surgen al dividirse estos versos de 16 sílabas en dos versos de 8 sílabas para hacer más fácil su memorización. La rima quedó solo en los versos pares.

Evolución de cantares de gesta...

— — — — — — — — // — — — — — — — —   **a**
— — — — — — — — // — — — — — — — —   **a**

[16 sílabas divididas por cesura[1] en dos hemistiquios[2] de 8 sílabas con rima asonante en todos los versos]

... a romance

— — — — — — — —
— — — — — — — —   **a**
— — — — — — — —
— — — — — — — —   **a**

[versos de 8 sílabas con rima asonante en los versos pares]

Esta estructura de octosílabos con rima asonante se ha seguido cultivando ampliamente hasta hoy.

▶ Rima cruzada y rima abrazada

La rima **abab** se llama cruzada porque la rima se alterna. La rima **abba** se llama
abrazada porque es como si la rima **a** estuviera abrazando a la rima **b**.

En el poema "Las moscas", de Antonio Machado, encontramos ejemplos de ambos
tipos de rima.

- cruzada

    Vosotras, las famili**ares**   **a**
    inevitables, gol**osas**,   **b**
    vosotras, moscas vulg**ares**   **a**
    me evocáis todas las c**osas**.   **b**

- abrazada

    Y en la aborrecida esc**uela**   **a**
    raudas moscas divert**idas**   **b**
    persegu**idas**   **b**
    por amor de lo que v**uela**.   **a**

    "Las moscas", fragmento, Antonio Machado,
    de *Antología poética*

---

[1] pausa que divide un verso en dos partes
[2] mitades en las que la cesura divide un verso

Consideraciones sobre la rima

A continuación se presentan algunas excepciones, o casos especiales, de la rima.

▶ Diptongos

En el caso de los diptongos, solo se tienen en cuenta para la rima asonante las vocales abiertas (a, e, o). Las vocales cerradas (i, u) no se consideran.

> ¡Tantos que van abriéndose, jardines,
> celestes y en el ag**ua**! **a - a**
>
> Por el azul, espumas, nubecillas,
> ¡tantas corolas bl**a**nc**a**s! **a - a**
>
> Presente este vergel, ¿de dónde brota,
> si anoche aquí no est**a**b**a**? **a - a**
>
> Antes que llegue el día, labradora,
> la aurora se lev**a**nt**a**. **a - a**
>
> [...]
>
> El mar no cría cosa que dé sombra;
> para la luz se g**ua**rd**a**. **a - a**
>
> Y ella le cubre su verdad de mitos:
> la luz, eterna m**a**g**ia**. **a – a**
>
> "Variación II", fragmento, Pedro Salinas,
> de *El contemplado*

La rima de este hermoso poema, inspirado por el mar de Puerto Rico, es **a – a**. Las vocales cerradas (u, i) de *agua*, *guarda* y *magia* no interrumpen la rima.

▶ Verso terminado en palabra esdrújula

Cuando el verso termina en una palabra esdrújula se produce otra situación especial. En ese caso solo cuentan para la rima asonante la vocal de la sílaba acentuada y de la sílaba final. La vocal de la sílaba intermedia no se considera, pues el acento de la sílaba anterior la hace menos perceptible.

> La tarde está muriendo
> como un hogar humilde que se ap**a**g**a**. **a - a**
>
> Allá sobre los montes,
> quedan algunas br**a**s**a**s. **a - a**
>
> Y ese árbol roto en el camino blanco
> hace llorar de l**á**st**i**m**a**. **a - a**

¡Dos ramas en el tronco herido, y una
hoja marchita y negra en cada ra**ma**!   **a - a**

"Campo", fragmento, Antonio Machado

La rima es **a – a** y la *i* de *lástima* no interrumpe la rima.

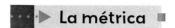

La métrica

Uno de los recursos que ayuda a crear musicalidad en la poesía es la métrica, es decir, el número de sílabas en el verso. En español es muy sencillo dividir las palabras en sílabas y eso facilita la tarea de medir los versos. Sin embargo, hay algunos principios que deben tomarse en cuenta y que se exponen a continuación.

El verso llano

En la métrica española todos los versos deben ser llanos, es decir que la última sílaba acentuada sea la penúltima. Por lo tanto, si el verso termina en palabra aguda, se cuenta una sílaba más. Es como la pequeña pausa, o silencio, que se añade a veces en las composiciones musicales.

Mas tampoco les sobraban   = 8
las ganas de trabaj**a**r,   = 8 [7 + 1]
pues a los gatos les gusta   = 8
sobre todo descans**a**r.   = 8 [7 + 1]

Alberto Blanco, fragmento, de *El blues de los gatos*

Si el verso termina en una palabra esdrújula, se cuenta una sílaba menos. En algunos de estos versos hay también sinalefa, que se explica en el próximo apartado.

Para mí siempr**e e**s fant**á**stico   = 8 [9 – 1]
gritar con muchas personas   = 8
cuand**o u**n gol es muy simp**á**tico.   = 8 [9 – 1]

"Fanático de los goles simpáticos", F. Isabel Campoy

Antonio Orlando Rodríguez lleva hasta el extremo esta norma sobre las esdrújulas en su poema "Rock de la bruja (para volar en una escoba esdrújula)" al terminar todos los versos en esdrújula.

Con m**i e**scoba m**á**gica   = 6 [7 – 1]
n**o ha**ce falta br**ú**jula   = 6 [7 – 1]
pues es tan magn**í**fica   = 6 [7 – 1]
que vuela con m**ú**sica.   = 6 [7 – 1]

Es m**i e**scob**a e**léctrica	= 6	[7 – 1]
con su vuelo técnico	= 6	[7 – 1]
tremendo vehículo	= 6	[7 – 1]
súbit**o y** frenético.	= 6	[7 – 1]

"Rock de la bruja", fragmento, ANTONIO ORLANDO RODRÍGUEZ,
de *El rock de la momia*

▶ Las licencias poéticas

Las licencias poéticas son infracciones a las normas de la métrica que se le permiten al poeta. Las licencias poéticas más frecuentes en español son cuatro: sinalefa, hiato, diéresis y sinéresis.

▶ La sinalefa

La sinalefa consiste en la unión de la vocal final de una palabra y la vocal inicial de la siguiente en una sola sílaba. Es la licencia poética más frecuente. Se adapta perfectamente a nuestra oído, ya que en el habla común tendemos a hacer sinalefa.

Estab**a e**l señor don Gato	= 8
en silla d**e o**ro sentado	= 8
calzando medias de seda	= 8
y zapatitos dorados.	= 8

"Romance del señor don Gato", fragmento, tradicional,
en *Do, Re, Mi, ¡Sí, sí!*

La sinalefa puede producirse con diferentes combinaciones vocálicas. Estos ejemplos son de distintos poemas de Antonio Machado.

la misma vocal repetida:

Busc**a a** tu complementario	= 8

dos vocales abiertas[3]:

¡mi corazón t**e a**guarda!	= 7

abierta + cerrada:

todo pas**a y** todo queda	= 8

[La *y* tiene sonido de *i*, por lo que se considera vocal cerrada para efectos de la sinalefa.]

---

[3] vocales abiertas o fuertes: a, e, o; vocales cerradas o débiles: i, u

cerrada + abierta:

> cayeron, **y e**l eco ¡padre! = 8

cerrada + cerrada:

> **y hu**milde en la mañana = 7

una vocal abierta flanqueada por dos cerradas:

> hac**ia u**n ocaso radiante = 8

la *h* intermedia no impide la sinalefa:

> La primaver**a ha** venido = 8

En una sinalefa pueden unirse tres o cuatro vocales; aunque hay pocos casos en que esto ocurra. El siguiente verso, de "La canción del pirata" de José de Espronceda, es un ejemplo de este caso.

> As**ia a u**n lado al otro Europa
> [A-siaun-la-doal-o-troEu-ro-pa = 8 sílabas]

Cuando la *h* va seguida de los diptongos *ia* (*hiato*), *ie* (*hielo*), *ue* (*hueso*), *ui* (*huida*), <u>no</u> se forma sinalefa.

> **y e**mpuñ**a u**n hacha de / hierro = 8

> > "La tierra de Alvargonález", fragmento,
> > Antonio Machado, de *Antología poética*

> En medio d**e a**quella / huerta = 8

> > "La niña adormecida", fragmento, tradicional,
> > en *Poesía española para jóvenes*

▶ El hiato

El hiato es la licencia poética opuesta a la sinalefa. Consiste, precisamente, en impedir que la sinalefa se produzca; es decir, que la vocal final de una palabra y la vocal inicial de la siguiente no se unan. El hiato no es frecuente. Por esa razón los poetas lo emplean para destacar una palabra.

En el siguiente ejemplo no se forma la sinalefa en *como hubo*. En este caso se cuentan las cuatro sílabas: co-mo hu-bo. Sin embargo, en el mismo verso hay dos sinalefas que sí se consideran como tales: hu-b**oe**l, con-d**eA**r.

¡Quién hubiese tal ventura	= 8	
sobre las aguas de mar	= 8	[7 + 1 terminación en aguda]
como / hub**o** **e**l cond**e A**rnaldos	= 8	
la mañana de San Juan!	= 8	[7 + 1 terminación en aguda]

"El conde Arnaldos", fragmento, tradicional,
en *Poesía española para jóvenes*

De áspera corteza se cubrían
los tiernos miembros, que aún bullendo estaban:
los blancos pies en tierra se hincaban,
y en torcidas raíces se volvían.

"Soneto XXIII", fragmento, Garcilaso de la Vega

⋯⋯▶ La diéresis

En el lenguaje poético, el poeta tiene libertad de decidir si las vocales de un diptongo deben separarse. Por ejemplo, en lugar de leer *rui-do* y *sua-ve* como se haría normalmente, el verso puede exigir que se lea *ru-i-do* y *su-a-ve*.

Esta licencia poética se llama diéresis. Las otras licencias poéticas no tienen una indicación gráfica, mientras que la diéresis la exige. Por eso el poeta coloca el signo de puntuación llamado diéresis [¨] sobre la vocal señalada.

Aunque la diéresis se usa muy poco no quisimos dejar de mencionarla, ya que aparece en algunos poemas muy conocidos.

¡Qué descansada vida
la del que huye el mundanal ruïdo
y sigue la escondida
senda por donde han ido
los pocos sabios que en el mundo han sido!

"Vida retirada", fragmento, fray Luis de León

Tu pupila es azul, y cuando ríes,
su claridad süave me recuerda
el trémulo fulgor de la mañana
que en el mar se refleja.

"Rima XIII", fragmento, Gustavo Adolfo Bécquer

En el cárdeno cielo violeta
alguna clara estrella fulguraba

"Orillas del Duero", fragmento, ANTONIO MACHADO,
de *Antología poética*

El tren devora y devora
día y riel. La retama
pasa en sombra; se desdora
el oro del Guadarrama.

"Canciones a Guiomar", fragmento, ANTONIO MACHADO

⋯▶ La sinéresis

La sinéresis consiste en unir en una misma sílaba las vocales de un hiato para formar un diptongo. Esta licencia poética se suele utilizar cuando se necesita restar una sílaba de un verso.

Es una noche de invierno.   = 8
C**ae** la nieve en remolino.   = 8 (sin sinéresis tendría 9 sílabas)
Los Alvargonzález velan   = 8
un fuego casi extinguido.   = 8

"La tierra de Alvargonzález", fragmento,
ANTONIO MACHADO

¡Vamos, vamos, al pant**eó**n   = 8 [7 + 1] (sin sinéresis tendría 9 sílabas)
Lleno va de calaveras,   = 8
andando y andando el camión: = 8
¡Son las ánimas fiesteras!   = 8

fragmento, LUIS SAN VICENTE, de *Festival de calaveras*

▶ La estrofa y tipos de estrofas

Los versos de un poema se suelen agrupar en estrofas. En los poemas que siguen una métrica establecida, las estrofas tienen un número específico de versos, los versos tienen un número determinado de sílabas y la rima se distribuye también de un modo particular.

En algunos poemas todos los versos son de la misma longitud, mientras que en otros se combinan versos de distinta medida.

Yo a un marino le debo la vida	= 10
y por patria le debo al azar	= 10 [9 + 1]
una perla —en un golfo nacida—	= 10
al bramar	= 4 [3 + 1]
sin cesar	= 4 [3 + 1]
de la mar.	= 4 [3 + 1]

"La pesca en el mar", fragmento, GERTRUDIS GÓMEZ DE AVELLANEDA

A continuación veremos algunas de las estrofas más comunes.

Estrofas de arte menor

A los versos que tienen de dos a ocho sílabas se les llama versos de arte menor. Conviene aclarar que las palabras monosílabas son agudas, así que suman una sílaba a efectos de la métrica y el verso pasa a considerarse bisílabo. En las estrofas de arte menos se emplean letras minúsculas para representar el esquema de la rima.

Pareado

El pareado es una estrofa de dos versos con rima consonante o asonante. Puede ser de arte menor [**aa**] o de arte mayor [**AA**].

Este pareado, de uno de los grandes poetas del Siglo de Oro, Francisco de Quevedo (1580–1645), combina un verso octosílabo y uno pentasílabo para dar un mensaje cargado de ironía.

Poderoso caballero	**a**
es don Dinero.	**a**

"Poderoso caballero es don Dinero", fragmento,
FRANCISCO DE QUEVEDO

El siguiente ejemplo de pareado de arte menor es de un autor contemporáneo de literatura infantil.

En verano, la sandía,	**a**
mucho mejor si está fría.	**a**

fragmento, RAFAEL ORDÓÑEZ CUADRADO, de *Un buen rato con cada plato*

En este ejemplo, el pareado de versos octosílabos no solo es una estrofa sino un poema completo.

> Puede durar cuanto quiera,   **a**
> ¡me encanta la primavera!   **a**
>
> "Primavera", ALMA FLOR ADA, de *Todo es canción*

Tercerilla

La tercerilla es una estrofa de tres versos de arte menor. La rima puede ser consonante o asonante. El esquema de la rima más frecuente es **aba**, pero también son posibles otras combinaciones, siempre y cuando dos de los versos rimen.

> ¡Una hormiga caminando!   **a**
> No, no, una hormiga   **b**
> la va cargando.   **a**
>
> "Sorpresa", ALICIA BARRETO DE CORRO, en *Mambrú*

> Se miente más de la cuenta   **a**
> por falta de fantasía: **b**
> también la verdad se inventa.   **a**
>
> "Proverbios y cantares (XLVI)", ANTONIO MACHADO, de *Antología poética*

> Qué le pasa a esta gente   **a**
> que me trata indiferente   **a**
> como invisible.   **b**
>
> "Soy invisible", fragmento, LUIS MARÍA PESCETTI, de *Unidos contra Drácula*

Estrofas de cuatro versos

En la poesía en español hay varios tipos de estrofas de cuatro versos de arte menor. A continuación se presentan los más comunes.

Redondilla

La redondilla es una estrofa de arte menor que consta de cuatro versos octosílabos con rima abrazada. Es decir, riman el primer verso con el cuarto y el segundo con el tercero [**abba**]. La rima suele ser consonante, como en los sugerentes versos a continuación.

Tiene el leopardo un abrigo	**a**
en su monte seco y pardo.	**b**
Yo tengo más que el leopardo,	**b**
porque tengo un buen amigo.	**a**

fragmento, JOSÉ MARTÍ, de *Versos sencillos*

Amapola del camino,	**a**
roja como un corazón,	**b**
yo te haré cantar al son	**b**
de la rueda del molino;	**a**

"Novia del campo, amapola", fragmento,
JUAN RAMÓN JIMÉNEZ, en *Poesía española para niños*

De noche deja el castillo	**a**
y oculto en su negra capa	**b**
a sus víctimas atrapa	**b**
Vampiro Hambriento Colmillo.	**a**

"Rock del vampiro", fragmento,
ANTONIO ORLANDO RODRÍGUEZ, de *El rock de la momia*

Cuarteta

La cuarteta es una estrofa de cuatro versos de arte menor. Los versos son generalmente octosílabos con rima consonante cruzada. Es decir, riman el primer verso con el tercero y el segundo con el cuarto [**abab**].

Con los pobres de la tierra	**a**
quiero yo mi suerte echar.	**b**
El arroyo de la sierra	**a**
me complace más que el mar.	**b**

fragmento, JOSÉ MARTÍ, *Versos sencillos*

Vengo a conocer al nieto.	**a**
¡Mira! Allá veo las luces.	**b**
Me guía el olor del viento	**a**
y las flores entre cruces.	**b**

fragmento, LUIS SAN VICENTE, de *Festival de calaveras*

Un ramo de palabritas **a**
—para ti— voy a sumar, **b**
por la atractiva cartita **a**
que —ayer— me hiciste llegar. **b**

"Ramo de palabras", fragmento, ELSA BORNEMANN,
de *Amorcitos Sub-14*

Copla o cantar

La copla o cantar se diferencia de la cuarteta en que la rima es asonante y riman solo los versos pares [—**a**—**a**].

El cielo de Andalucía —
está vestido de azul; **a**
por eso la sal abunda —
en todo el cielo andaluz. **a**

"Coplas de toda España", fragmento, tradicional,
en *Poesía española para jóvenes*

El velero se enfrentó —
a la espumosa cascada **a**
y bordeó decidido —
las corrientes más marcadas. **a**

fragmento, ANA MERINO, de *El viaje del vikingo soñador*

Voy a casar a la araña —
con el gusano de seda **a**
para que tejan la colcha —
que mi niño hace madeja. **a**

"La araña", fragmento, ANTONIO GRANADOS,
de *Canciones para llamar al sueño*

Seguidilla

La seguidilla es una estrofa de arte menor que consta de cuatro versos. En la seguidilla se combinan versos de 7 y 5 sílabas o de 7 y 6 sílabas. Riman el segundo y el cuarto verso con rima asonante o consonante [—**a**—**a**], como en los ejemplos siguientes.

Campanita de cobre   —
por qué no ríes   **a**
como la luz que envuelve   —
los alelíes.   **a**

> "Campanita de cobre", fragmento, DAVID CHERICIÁN,
> en *Juguetes de palabras*

Te presto mi corazón,   —
el de sandía;   **a**
la tarde es roja, roja,   —
pero está fría.   **a**

> "Corazón de a mentiras", fragmento, ANTONIO GRANADOS,
> de *Canciones para llamar al sueño*

Zarpa la capitana,   —
tocan a leva,   **a**
y los ecos responden   —
a las trompetas.   **a**

> "Seguidillas del Guadalquivir", fragmento, LOPE DE VEGA,
> en *Poesía española para niños*

···▶ Quintilla

La quintilla es una estrofa de arte menor de cinco versos, generalmente octosílabos. La rima suele ser consonante y el esquema puede variar: **abbab**, **ababa**, **aabba**, **abaab**, **aabab**.

Cuando el mar era chiquito   **a**
jugaba el río con él: **b**
era entonces un charquito   **a**
con un solo pececito   **a**
y un barquito de papel.   **b**

> "El mar niño", DORA ALONSO, en *Antón Pirulero*

Como ya se ha señalado, muchos poetas contemporáneos suelen variar la estructura y el esquema de la rima de las estrofas clásicas.

Te regalo   —
un pedazo de viento,   **a**

la presencia de los ausentes,	**b**
la mariposa del tiempo,	**a**
un río redondo y sin puentes.	**b**

"Regalos", fragmento, EDGAR ALLAN GARCÍA, de *Palabrujas*

Octavilla

La octavilla es una estrofa de arte menor de ocho versos. Aunque el número de sílabas por verso puede variar, lo más común es que los versos sean octosílabos. El esquema de la rima varía.

Con diez cañones por banda	**a** (asonante)
viento en popa a toda vela	**b**
no corta el mar sino vuela	**b**
un velero bergantín:	**c**
bajel pirata que llaman	**a** (asonante)
por su bravura, el Temido,	**d**
en todo mar conocido	**d**
del uno al otro confín.	**c**

"La canción del pirata", fragmento, JOSÉ DE ESPRONCEDA

Escondido tras un árbol	**a** (asonante)
dijo un lobito muy triste:	**b**
"Todos piensan que él es malo	**a** (asonante)
que más cruel que él no existe.	**b**
Sin embargo no es así;	**c**
conmigo ha sido muy bueno.	**d**
Desde el día en que nací	**c**
me brindó su amor sin freno".	**d**

fragmento, GEORGINA LÁZARO LEÓN, de *El mejor es mi papá*

Mi señora Dominguita,	**a**
hágame usted un favor,	**b** (asonante)
préesteme usted su agujita,	**a**
un poco de hilo, un botón...	**b** (asonante)
y por si acaso un dedal	**c** (asonante)
(¡ya me lo estaba olvidando!)	**d** (asonante)

que la blusita que traigo   **d** (asonante)
no luce bien de verdad.   **c** (asonante)

"Doña Dominguita", fragmento, Javier Solaguren,
en *Letras para armar poemas*

▶ Décima o espinela

La décima es una combinación de diez versos octosílabos con rima **abbaaccddc**. Se la llama también espinela porque su invención se le atribuye al escritor Vicente Espinel (1550–1624).

La décima fue una estrofa muy importante en la literatura clásica. Pedro Calderón de la Barca (1600–1681), el insigne dramaturgo español del Siglo de Oro, utilizó décimas en su magistral obra *La vida es sueño*.

Yo sueño que estoy aquí   **a**
de estas prisiones cargado   **b**
y soñé que en otro estado   **b**
más lisonjero me vi.   **a**
¿Qué es la vida? Un frenesí.   **a**
¿Qué es la vida? Una ilusión,   **c**
una sombra, una ficción,   **c**
y el mayor bien es pequeño   **d**
que toda la vida es sueño   **d**
y los sueños, sueños son.   **c**

fragmento, Calderón de la Barca, de *La vida es sueño*

La décima es una forma poética de gran fuerza popular, y que en muchos casos se canta. Los *decimeros* populares suelen tener una gran facilidad para improvisar décimas ingeniosas aptas para cualquier ocasión. En varios países hispanohablantes los decimeros se reúnen para competir en la creación de décimas que improvisan y cantan al son de la guitarra o del tres.

El poeta puertorriqueño Juan Acevedo Carrión creó una serie de décimas, precisamente para explicar en qué consisten y cómo se componen. A continuación se incluyen dos.

El epíteto admirable   **a**
hace la estrofa más bella   **b**
y brilla como una estrella   **b**
un adjetivo agradable.   **a**

Es un tesoro admirable	**a**
la décima bien tallada,	**c**
puramente sazonada	**c**
con su métrica elegante,	**d**
y su rima consonante	**d**
cultamente edificada.	**c**

Es difícil sumamente	**a**
nuestra típica Espinela,	**b**
si faltamos a la escuela	**b**
de la vida y de la mente.	**a**
Como alumno permanente	**a**
les podría asegurar	**c**
que no es fácil dominar	**c**
la décima estilizada,	**d**
vieja niña uniformada	**d**
que nos honra cultivar.	**c**

"Técnica y estética de la décima", fragmento,
JUAN ACEVEDO CARRIÓN, en *Décimas poéticas*

La siguiente décima no sigue el esquema de la rima de la espinela, pero mantiene la consonancia y los diez versos octosílabos característicos de la décima.

En todo el mundo, no creo,	**a**
que hubo un pirata más feo.	**a**
Le faltaba media oreja,	**b**
siete dientes y una ceja.	**b**
Estaba tuerto de un ojo;	**c**
el otro se le torcía,	**d**
y era tan cojo, tan cojo,	**c**
y era tan malo, tan malo,	**e**
que tenía... —¿Qué tenía?	**d**
¡Las cuatro patas de palo!	**e**

"El pirata piratón", ÁNGELA FIGUERA AYMERICH, en *Mambrú*

····▶ Pie quebrado

La combinación dentro de una estrofa de versos largos y breves, cuando los breves tienen aproximadamente la mitad de sílabas que los largos, recibe el nombre de pie quebrado. Las combinaciones más frecuentes son de versos octosílabos y tetrasílabos (versos de 8 y 4 sílabas) y de versos heptasílabos y pentasílabos (versos de 7 y 5 sílabas).

El siguiente ejemplo combina versos octosílabos y tetrasílabos, y solo riman los versos pares.

Dos solcitos de juguete	—
le daría	a
para que brillen sus ojos	—
cada día;	a
para que a su luz, salte,	—
baile y ría...	a
para que crezca inventando	—
mediodías.	a
¿Para quién soles mellizos,	—
fantasías?	a
Para ella... mi amorcito...	—
niña mía...	a

"Soles mellizos", ELSA BORNEMANN, de *Amorcitos Sub-14*

Este poema ofrece combinaciones de versos octosílabos y trisílabos pareados, es decir, que riman entre sí.

La lechuza en la veleta	a
tan quieta,	a
con sus ojos vigilantes,	b
brillantes.	b
La lechuza sabihonda,	c
oronda.	c
La lechuza y sus consejos	d
tan viejos.	d
La lechuza silenciosa,	e
curiosa.	e
La lechuza poco habla,	f (asonante)
tan sabia.	f (asonante)
La lechuza en la veleta	a
tan quieta.	a

"Doña lechuza", VIVIEN ACOSTA y OLGA MARTA PÉREZ,
en *Un elefante en la cuerda floja*

El siguiente ejemplo presenta una combinación más extrema (versos octosílabos y bisílabos) de pie quebrado. Los versos pares son un eco del final del verso anterior.

Una noche, una estrella,   **a**
ella   **a**
se asomó al balcón del cielo   **b**
¡cielos!,   **b**
dio un traspiés y se estrelló.   **c**
¡Oh!   **c**

"Eco de estrellas", fragmento, Gloria Sánchez,
de *Sí, poesía*

 ## Estrofas de arte mayor

A los versos que tienen nueve o más sílabas se les llama versos de arte mayor. Se emplean letras mayúsculas para representar el esquema de la rima.

Pareado

El pareado es una estrofa de dos versos con rima consonante o asonante. Puede ser de arte menor [**aa**] o de arte mayor [**AA**].

Alzan sus caras los caracoles.   **A** (asonante)
La tierra entrega suaves olores.   **A** (asonante)

fragmento, Luz María Chapela, de *La casa del caracol*

Era una viejita —Belén se llamaba—   **A**
con tantos oficios, que nunca acababa.   **A**

fragmento, Julia Álvarez, de *El mejor regalo del mundo*

Mi color es suave como una manzana,   **A**
pero no es fruta, de paja ni lana.   **A**

"Mi color", fragmento, Elsa Bornemann, de *Tinke-Tinke*

Cada hoja de cada árbol canta un propio cantar
y hay un alma en cada una de las gotas del mar.

"Coloquio de los centauros", fragmento, Rubén Darío

Terceto

El terceto es una estrofa de tres versos de arte mayor. Los versos suelen ser endecasílabos (11 sílabas) con rima consonante.

Mamá se sienta entre papá y yo.	**A**
Comienzan los dibujos animados.	**B**
¿Por qué no se resfrían los helados?	**B**

Liliana Cinetto, de *El baúl de mis paseos*

Mas sucedió, siniestra sea la cosa,	**A**
que las risas al verse en cautiverio	**B**
morían como una mueca misteriosa.	**A**

"Nota rosa", fragmento, Antonio Granados,
de *Poemas de juguete II*

Se acostumbra encadenar los tercetos de modo que la rima suele ser **ABA**, **BCB**, **CDC** y así sucesivamente.

Volverás a mi huerto y a mi higuera:	**A**
por los altos andamios de las flores	**B**
pajareará tu alma colmenera	**A**
de angelicales ceras y labores.	**B**
Volverás al arrullo de las rejas	**C**
de los enamorados labradores.	**B**
Alegrarás la sombra de mis cejas,	**C**
y tu sangre se irán a cada lado	**D**
disputando tu novia y las abejas.	**C**

"Elegía a Ramón Sijé", fragmento, Miguel Hernández

· · · · ▶ ## Estrofas de cuatro versos

En la poesía en español hay varios tipos de estrofas de cuatro versos de arte mayor. A continuación se presentan los más frecuentes.

Cuarteto

El cuarteto es una estrofa de arte mayor que consta de cuatro versos generalmente endecasílabos o, en algunos casos, de nueve o más sílabas. La rima es consonante y riman el primer verso con el cuarto y el segundo con tercero [**ABBA**].

```
Dos equipos, once contra once,          A
miran al árbitro, en el centro,          B
gritos, calor, balón, me concentro,     B
cae el sudor por mi piel de bronce.     A
```

> "Cuartetos al fútbol", fragmento, F. Isabel Campoy,
> de *Poesía eres tú*

```
No tiene ningún caso que leas esto,     A
pasatiempo de letras sin ombligo        B
mejor busca otro juego y un amigo       B
y tira este juguete que te presto.      A
```

> "¡No lo leas!", fragmento, Antonio Granados,
> de *Poemas de juguete II*

Serventesio

El serventesio es una estrofa de arte mayor que consta de cuatro versos endecasílabos con rima consonante. Riman el primer verso con el tercero y el segundo con el cuarto [**ABAB**].

Esta estrofa es de un magnífico poema de Antonio Machado, a quien le gustaba combinar distintas estrofas en un mismo poema.

```
Era una tarde, cuando el campo huía    A
del sol, y en el asombro del planeta,  B
como un globo morado aparecía           A
la hermosa luna, amada del poeta.       B
```

> "Orillas del Duero", fragmento, Antonio Machado,
> de *Antología poética*

Y esta otra se creó como un juego.

```
Preguntas si el serventesio es fácil.   A
Yo quiero escribirte aquí una prueba,   B
ya que no sólo es fácil, sino grácil    A
la métrica clásica, siempre nueva.      B
```

> "Serventesio", F. Isabel Campoy

Quinteto

El quinteto es una estrofa de arte mayor de cinco versos, generalmente endecasílabos, con rima consonante. La rima puede seguir distintos esquemas, como por ejemplo: **ABBAB**, **ABAAB**, **AABBA**, **ABABA**, **ABBAA** o **AABAB**.

Hundía el sol su disco refulgente	**A**
tras la llanura azul del mar tranquilo,	**B**
dando sitio a la noche, que imprudente	**A**
presta con sus tinieblas igualmente	**A**
al crimen mando y al dolor asilo.	**B**

de *Margarita la tornera*, JOSÉ ZORRILLA

Sólo la edad me explica con certeza	**A**
por qué un alma constante, cual la mía,	**B**
escuchando una idéntica armonía,	**B**
de lo mismo que hoy saca tristeza	**A**
sacaba en otro tiempo la alegría.	**B**

"Humoradas", fragmento, RAMÓN DE CAMPOAMOR

Huye duda; del alma te destierro.	**A**
Por la cancela del dorado hierro	**A**
vendrá. Señor, ¿qué la detiene...?	**B**
Sus pasos oigo ya. ¡Los ojos cierro,	**A**
que no quiero saber por dónde viene!	**B**

"Duda", fragmento, RICARDO GIL

Sexteto

El sexteto es una estrofa de seis versos de arte mayor. Lo más usual es que la rima sea consonante y siga uno de estos esquemas: **ABCABC**, **AABCCB** o **ABABCC**.

El siguiente sexteto de versos endecasílabos consta de rima pareada.

Tres chicas y tres chicos, si es posible,	**A**
le parece la dieta preferible.	**A**
A los chicos los unta de mostaza	**B**
y a las niñas las cubre de melaza.	**B**
Pues los chicos le gustan muy picantes	**C**
y las niñas dulzonas y empachantes.	**C**

"El cocodrilo", fragmento, ROALD DAHL, de *¡Qué asco de bichos!*

El escritor argentino contemporáneo, Luis María Pescetti, crea un poema a base de sextetos, en los que varía el esquema tradicional de la rima.

Antes no había silencio, ahora hay	**A**
ni siquiera vacío, no había tic tac	**A**
no había molinos, ni geometría	**B**
no había amigos, ni geografía.	**B**
No había vi**ento**, ni movimi**ento**	— (rima interna en este verso)
ni chocolate, Ahora hay.	**A**

"Misterio", fragmento, Luis María Pescetti,
de *Unidos contra Drácula*

En el sexteto agudo es característico que los versos tercero y sexto sean agudos.

La princesa está triste… ¿qué tendrá la princesa?	**A**
Los suspiros se escapan de su boca de fresa,	**A**
que ha perdido la risa, que ha perdido el color.	**B'**
La princesa está pálida en su silla de oro,	**C**
está mudo el teclado de su clave sonoro	**C**
y en un vaso, olvidada, se desmaya una flor.	**B'**

"Sonatina", fragmento, Rubén Darío, en *Poesías profanas*

Cuadro de los principales tipos de estrofas

ARTE MENOR – versos de dos a ocho sílabas

Nombre	Número de versos	Tipos de versos	Clase de rima	Esquema
Pareado	2	arte menor	consonante o asonante	aa
Tercerilla	3	arte menor	consonante o asonante	aba
Redondilla	4	octosílabos	consonante abrazada	abba
Cuarteta	4	octosílabos	consonante cruzada	abab
Copla o cantar	4	octosílabos	asonante, riman solo los pares	–a–a
Seguidilla	4	de 7 y 5 o 7 y 6 sílabas	consonante o asonante, riman solo los pares	–a–a
Quintilla	5	octosílabos	consonante	abbab, abaab, ababa, aabba, aabab
Octavilla	8	octosílabos	consonante o asonante	abbaacca abbacddc, etc.
Décima o espinela	10	octosílabos	consonante	abbaaccddc

ARTE MAYOR – versos de nueve o más sílabas

Nombre	Número de versos	Tipos de versos	Clase de rima	Esquema
Pareado	2	arte mayor	consonante o asonante	AA
Terceto	3	endecasílabos	consonante	ABA, BCB, CDC
Cuarteto	4	endecasílabos	consonante abrazada	ABBA
Serventesio	4	endecasílabos	consonante cruzada	ABAB
Quinteto	5	endecasílabos	consonante variada	ABBAB, ABAAB, etc.
Sexteto	6	arte mayor	consonante variada	ABCABC, AABCCB, ABABCC, etc.

Recursos estilísticos

Los recursos estilísticos son las distintas tácticas o medios que usa el escritor para hacer más expresivo su lenguaje. El objetivo es captar la atención del lector e infundir originalidad y fuerza al mensaje que transmite el texto.

Hay una gran variedad de recursos estilísticos. A continuación se presentan algunos de los que más se utilizan en la poesía en español.

Aliteración

La aliteración es la repetición de uno o varios sonidos, sobre todo consonánticos, en un verso o a lo largo de una estrofa. Es uno de los muchos elementos sonoros que se usan en la poesía.

¡Qué **prom**esa la **prim**era
mañana de **prim**avera!

> "Mañana de primavera", fragmento, ALMA FLOR ADA,
> de *Todo es canción*

Mos**qui**to,
chi**qui**to
in**qui**eto.
¡Mos**qui**eto!

> "Mosquito", fragmento, GLORIA SÁNCHEZ, de *Sí, poesía*

Don **d**on**d**iego no tiene **d**on,
don.

> "Don Diego", fragmento, RAFAEL ALBERTI, en *Poesía española
> para niños*

¿Dónde vais, **p**equeños,
pueriles y **p**álidos,
pajes del invierno,
farolillos blancos?

> "Vilanos", fragmento, MAURICIO BACARISSE, en *Poesía española
> para jóvenes*

Los siguientes versos son ejemplo de una aliteración que sirve de base a este sensible poema de Mirta Aguirre.

> Zapatero,
> zapaterillo,
> zapatillero.
> Si hay que matar al novillo
> no me hagas botas de cuero.
>
> Que no las quiero,
> zapaterillo,
> zapatillero.
>
> Que no las quiero,
> si hay que matar al novillo,
> si hay que matar al cordero.

"Hermano Francisco", MIRTA AGUIRRE, de *Juegos y otros poemas*

⬤⬤⬤ ▶ Onomatopeya

La onomatopeya es la imitación de sonidos reales, como los que hacen los animales. Entre las onomatopeyas más comunes en español se encuentran las siguientes: *miau, guau, pío, mu, achís, clic, tictac, runrún, zas, tilín, turututú, bum*.

El siguiente ejemplo hace un uso muy ingenioso de las onomatopeyas de animales.

> Yo propongo
> **ve ve ve ve**inte,
> dijo la oveja.
> Yo ofrezco
> **cua cua cua cua**renta,
> afirmó el pato.
> ¿Ah sí?, pues yo doy
> **qui qui qui qui**nientos,
> aseguró el gallo.
> Es **mu mu mu mu**cho para mí,
> se entristeció la vaca.
> Y así fue como desde aquella extraña subasta,
> el gallo se quedó
> con el sol.

"¿Quién da más?", EDGAR ALLAN GARCÍA, de *Palabrujas*

En este ejemplo tenemos una onomatopeya del sonido que hace el pájaro al perforar el árbol: *tras, tras, tras*. Pero también se imita la acción repetitiva del pájaro carpintero mediante los verbos de acción *pica* y *dale*.

Pica pica
carpintero,
pica pica el agujero.
Dale, **dale**
tras, **tras**, **tras**
puro palo
comerás.

"Pájaro carpintero", Ernesto Galarza, en *Antón Pirulero*

Hay verbos que son onomatopéyicos, es decir, que imitan el sonido de la acción que describen.

Cambio de frecuencia y la parvada **tintinea**
vuela la estufa y canta la silla
se rompe la música el violín **maúlla**
la casa es leopardo que narra su historia

"Me gusta escuchar la radio", fragmento, César Arístides, de *Mañanas de escuela*

La clase de canto empieza:
"Zzz, zzz, zzz, zzz, ¡a **zumbar**!"

"La escuela de Zoila Mosquito", Elsa Bornemann, de *Tinke-Tinke*

 ## Anáfora

La anáfora es la repetición de una o varias palabras al comienzo de los versos o de las estrofas de un poema. Mediante esta repetición el poeta enfatiza una idea, a la vez que dota al poema de sonoridad y ritmo.

¿Viste al perrito orejudo?
En invierno está hecho un nudo.
Por la tarde busca el sol
con su amigo el caracol.

¿**Viste** al pájaro patraña?
En primavera se baña.
Lo lleva a pasear en coche
la iguana Rita, de noche.

de *El baúl de mis amigos*, Javiera Gutiérrez

Me duelen los ojos,
me duele la espalda,
me duele el cabello,
me duele la tonta
punta de los dedos.

"El primer resfriado", fragmento, Celia Viñas Olivella,
en *Poesía española para niños*

Los astros son rondas de niños,
jugando la tierra a espiar...
Los trigos son talles de niñas
jugando a ondular..., a ondular...

"Todo es ronda", fragmento, Gabriela Mistral,
de *Conoce a Gabriela Mistral*

¡**Castilla** varonil, adusta tierra,
Castilla del desdén contra la suerte,
Castilla del dolor y de la guerra [...]!

"Orillas del Duero", fragmento, Antonio Machado,
de *Antología poética*

Concatenación

En una concatenación se repite el final de un verso al comienzo del siguiente verso.
Mediante este recurso el poeta vincula ideas y establece continuidad.

Dos y dos son **cuatro**,
cuatro y dos son **seis**,
seis y dos son **ocho**,
y **ocho**, dieciséis.

"Tengo una muñeca", fragmento, tradicional, en *Pimpón*

—Caperucita, la más pequeña
de mis amigas, ¿en dónde está?
—Al viejo bosque se fue **por leña**,
por leña seca para quemar.

> "La caperucita encarnada" fragmento, Francisco Villaespesa,
> en *Poesía española para niños*

La plaza tiene una **torre**,
la **torre** tiene un **balcón**,
el **balcón** tiene una **dama**,
la **dama** una blanca flor.

> "Consejos, coplas, apuntes", fragmento, Antonio Machado,
> de *Antología poética*

Juegos de palabras

Los juegos de palabras son manipulaciones del lenguaje para conseguir un efecto humorístico, satírico o inesperado. Uno de los juegos de palabras más frecuentes en la poesía es el uso de homónimos (palabras que se escriben igual pero tienen distintos significados) y homófonos (palabras que suenan igual pero tienen distinta ortografía).

En el siguiente ejemplo se juega con la acepción de *grande* para referirse a la edad, no al tamaño.

—Dime, Sipo, sin reproche:
¿Luna o Sol? ¿Cuál es más **grande**?
—La Luna, digo al instante.
¡La dejan salir de noche!

> fragmento, Pelayos, de *Sipo y Nopo: un cuento de Luna*

La sorpresa en este ejemplo radica en que el lector espera que la palabra *plumas* se refiera al plumaje de las gallinas, no a un bolígrafo.

El colmo de una gallina
yo te lo voy a decir:
que tiene un montón de **plumas**
pero no sabe escribir.

> de *Versos que se cuentan y se cantan*, Emilio Ángel Lome

En este ejemplo se contrastan el participio pasado del verbo *decir* y el sustantivo *dicho* (refrán) para crear una especie de trabalenguas.

> Te han **dicho** que he dicho un **dicho**,
> dicho, que no he dicho yo;
> que si lo hubiera dicho,
> no hubiera dicho que no.
>
> "Coplas de disparates", tradicional, en *Poesía española para niños*

Por último, en el siguiente ejemplo se usa la segunda persona del verbo *hacer* con el plural del sustantivo *haz* (manojo de algo como leña, hierbas, lino).

> **Haces haces** de leña en las mañanas
> y se te vuelven flores en los brazos.
>
> "Siempre lo que quieras", fragmento, ÁNGEL GONZÁLEZ,
> en *Antología de poesía para jóvenes*

▶ Calambur

El calambur es un juego de palabras que consiste en modificar el significado de una palabra o frase agrupando de distinto modo sus sílabas. Oculta significados dobles o ambigüedades usando propiedades semánticas.

> Dicen que su padre **es conde**,
> dicen que su padre **esconde**.

> Yo **lo coloco** y ella **lo quita**.
> Yo **loco, loco** y ella **loquita**.
>
> en *Palabrerías: Retahílas, trabalenguas, colmos y otros juegos de palabras*, EUFEMIA HERNÁNDEZ

Los calambures son frecuentes en las adivinanzas, como muestran los siguientes ejemplos de la tradición oral.

> Oro parece, **plata no** es.
> ¿Qué es? (el plátano)

> Por un caminito
> **va ca**minando
> un animalito
> que ya te he dicho. (la vaca)

> **Es puma**, no es animal;
> flota y vuela. (la espuma)

Dicen que son **de dos**,
pero solo son de una. (los dedos)

Te la digo, te la digo,
te la vuelvo a repetir;
te la digo veinte veces
y no la sabes decir. (la tela)

TRADICIONAL

⬤ ⬤ ⬤ ▶ Retruécano

El retruécano consiste en cambiar el orden de una frase para producir contraste.

No te quieres parar,
pararte no quieres.
Mariposa del aire,
dorada y verde.

"Mariposa del aire", fragmento, FEDERICO GARCÍA LORCA,
en *Poesía española para niños*

Goza la mano al instante
y preguntamos en vano
si la mano lleva el guante
o el guante lleva la mano.

"Guante", ALBERTO BLANCO, de *ABC*

¿No ha de haber un espíritu valiente?
¿Siempre se ha de sentir lo que se dice?
¿Nunca se ha de decir lo que se siente?

"Epístola satírica", fragmento, FRANCISCO DE QUEVEDO

Al agua nadadores,
nadadores al agua,
alto a guardar la ropa
que en eso está la gala.

"Los nadadores", fragmento, FRANCISCO DE QUEVEDO,
en *Poesía española para jóvenes*

Los retruécanos son la base del juego de palabras "No es lo mismo".

No es lo mismo...
un **asno que dura** que un **durazno**.
un **camaleón** que un **león en la cama**.
la **tormenta se avecina** que la **vecina se atormenta**.

en *Palabrerías: Retahílas, trabalenguas, colmos y otros
juegos de palabras*, Eufemia Hernández

 ## Símil

El símil establece una comparación entre dos términos. Por eso utiliza palabras o frases
como *parece*, *se asemeja*, *como*, *tal como* o *cual*.

Si la comparación es original, nos encantará.

La mariposa
deja que el viento
la lleve y traiga
como un papel.
Liba en la rosa
sólo un momento
pero se toma
toda la miel.
Y en ese instante
quieta se queda
sobre las flores
como un brillante
lazo de seda
de mil colores.

fragmento, Germán Berdiales, de *Risa y sonrisa de la poesía niña*

Redonda como el botón
que tiene mi pantalón...
va la o, va la o.
Como cuerda de brincar
o sonrisa de papá...
va la u, va la u.

fragmento, Margarita Robleda, de *Jugando con las vocales*

Salen las tortuguitas,
se arrastran hacia el mar.
**Parecen mariposas
que no pueden volar.**

> fragmento, GEORGINA LÁZARO LEÓN, de *¡Viva la tortuga!*

En nuestro pueblo hay palomas,
blancas como las nubes y oscuras como la noche.
Las mazorcas se mecen con el viento
y los campos están cubierto de
plantas de calabaza
que **parecen reptar sobre la tierra.**

> "Me llamo Julio", fragmento, ALMA FLOR ADA y F. ISABEL CAMPOY,
> de *¡Sí! Somos latinos*

 ## Metáfora

La metáfora va un paso más allá que el símil. Al no utilizar palabras del estilo de *parece*, *se asemeja* o *como*, sugiere que aquello de lo que habla se ha convertido en algo distinto, creando una nueva realidad.

En el siguiente ejemplo, sabemos que en realidad la mariposa no es un lazo, pero al llamarla *moñito de colores* Ernesto Galarza la ha convertido en algo nuevo.

Mariposa de primores
un moñito de colores.

> "Mariposa", ERNESTO GALARZA

De igual manera, una mariposa mecida por el viento se convierte en un *abanico de las flores* en la imaginación de la poeta.

La mariposa en el viento,
abanico de las flores.

> de *El baúl de los animales*, CECILIA PISOS

En este poema, la poeta puertorriqueña Isabel Freire, autora de muchos poemas para niños, crea una metáfora al llamar a las mariposas *bailarinas de la risa* y sugerir que al batir sus alas, es como si las mariposas tocaran unas castañuelas de seda.

Bailarinas de la brisa
las alegres mariposas,
tocan, tocan por el aire
sus **castañuelas sedosas**.

"Mariposas", Isabel Freire de Matos, en *Antón Pirulero*

En el poemario *Noé delirante*, del poeta peruano Arturo Corcuera, encontramos numerosas metáforas insólitas. Por ejemplo, en este poema Corcuera sugiere que el revoloteo de la mariposa es una pesadilla para la rosa. Y luego llama a la mariposa "corola voladora".

Flor huida,
pesadilla de la rosa
imaginándose perseguida.
El estambre se aroma y se colora
cuando sobre él se posa,
corola voladora,
mariposa.

"Sueño y fábula de la mariposa", Arturo Corcuera

En ocasiones, la metáfora se extiende a todo el poema o a una estrofa, como se aprecia en los siguientes ejemplos.

Éste soy yo.
Con ojos de gato,
sonrisa de luna
y orejas de ratón.
Con cachetes de fresa,
cabellos de lana,
manos de chocolate
y cuerpo de león.
¿Ése soy yo?
¡No! ¡Éste soy yo!

Éste soy yo, Margarita Robleda

El aire dueño del cielo.
escultor de nubes altas,
de nuestras vidas aliento,
camino de las palabras.

"El viento", fragmento, Mireya Cueto, de *Versos de pájaros*

Mi nombre es mañana de escuela
alegre columpio de viernes
nubes moradas que saben a fresa
llovizna de lunes recreo y jardín.

"Te digo mi nombre", fragmento, César Arístides,
de *Mañanas de escuela*

Alegoría

Al igual que la metáfora, la alegoría nos hace ver la realidad con ojos nuevos; pero usualmente va más allá de una comparación entre dos elementos, el real y el poético, para darnos una nueva visión. La alegoría es, por lo tanto, una metáfora continuada o una cadena de asociaciones.

En estos versos sobre los cambios que sufre el árbol con las estaciones, el otoño y el invierno se han convertido en personajes activos, que visten y desnudan al árbol. La alegoría incluye una metáfora al referirse a las hojas rojas del otoño como llamarada. Pero todo ello se integra en una imagen que nos relaciona con el árbol de un modo único.

El otoño lo viste
de llamarada,
el invierno desnuda
todas sus ramas.

"Los trajes del árbol", Alma Flor Ada, en *Días y días de poesía*

Este haikú de José Juan Tablada se basa en una imagen: identificar la noche con el mar. Si la noche es mar, los elementos de la noche, como la nube y la luna, serán también elementos marinos. La nube pasa a ser concha; la luna, a ser perla. Se combinan, por lo tanto, tres metáforas en una sola imagen.

Es mar la noche negra;
la nube es una concha;
la luna es una perla.

"La luna", José Juan Tablada, en *Chuchurumbé*

Un ejemplo magnífico para enseñar el concepto de alegoría es el hermoso poema "La rosa blanca", que presenta varias metáforas alrededor de un tema central.

Cultivo una rosa blanca
en junio como en enero
para el amigo sincero
que me da su mano franca.

Y para el cruel que me arranca
el corazón con que vivo,
cardos ni ortigas cultivo;
cultivo una rosa blanca.

"La rosa blanca", JOSÉ MARTÍ, en *Chuchurumbé*

rosa blanca: buenos sentimientos, acciones, deseos

en junio como en enero: siempre

me da su mano franca: me trata con sinceridad y afecto

me arranca / el corazón con que vivo: me traiciona, me hace daño

cardos ni ortigas: malos sentimientos, acciones o deseos

cultivo una rosa blanca: ofrezco amistad, buenos deseos y acciones

 Hipérbole

La hipérbole es una exageración o disminución extrema. Con esta figura retórica el poeta pretende dotar de intensidad lo que quiere comunicar.

Van tres noches que no duermo,
porque la almohada perdí.
Seguro que quien la encuentre
no va a parar de dormir.

La busqué por todas partes,
hasta el último rincón.
En la punta de aquel cerro
capaz que se me perdió.

de *¿Dónde está mi almohada?*, ANA MARÍA MACHADO

Érase un hombre a una nariz pegado,
érase una nariz superlativa...

"A una nariz", fragmento, FRANCISCO DE QUEVEDO

Heriberto Leoncio Padín
decidió preparar un budín
de tan gran tamaño
que a lo largo de un año
cinco mil ochocientos
leones hambrientos
no pudieron dar fin
al budín de Heriberto Padín.

> "El budín de Heriberto Padín", fragmento, Ana María Shua,
> de *Las cosas que odio y otras exageraciones*

Y Juan, sin atreverse a vacilar,
trepó por la habichuela sin tardar,
ganando altura —no preguntes cuánta—
hasta alcanzar la punta de la planta.
Mas una vez allí ocurrió una cosa
de lo más temible y horrorosa:
se levantó un estruendo tremebundo
como si se acercara el fin del mundo
y habló una voz terrible, muy cercana,
que dijo: "¡Estoy oliendo
a carne humana!".

> "Juan y la habichuela mágica", fragmento, Roald Dahl,
> de *Cuentos en verso para niños perversos*

Personificación

La personificación, también llamada prosopopeya, consiste en atribuir características humanas a los seres inanimados o a los animales.

Las estatuas se refrescan
tirándose agua del bebedero.

> de *Una plaza un poco rara*, Ana María Shua

La gota de lluvia
se lanza hacia el mundo
mediante un clavado
al cielo profundo.

El **viento travieso**
la empuja de vuelta.

De pronto **él se aburre**
y a la gota suelta.

fragmento, Eduardo Carrera, de *El sueño de una alubia*

Es temprano en la noche.
El mar ya está dormido
y un lucero plateado
va marcando el camino.

fragmento, Georgina Lázaro León, de *¡Viva la tortuga!*

En el siguiente ejemplo, todos los versos tienen una personificación.

mi salón de clases despierta
abren los ojos la calle las ventanas
los árboles flacos sacuden su pereza
los prados y abejas escriben sus cartas al sol

"Cuando amanece", fragmento, César Arístides,
de *Mañanas de escuela*

Paradoja

La paradoja es una expresión aparentemente absurda o contradictoria, pero que al analizarla se ve que tiene mucho sentido. Mediante la paradoja el poeta invita al lector a la reflexión.

En el siguiente ejemplo, se podría argumentar que un león de circo no es libre; está en las manos —o en la boca, en este caso— del domador.

En este circo,
el león mete la cabeza
en la boca del domador.

fragmento, Ana María Shua, de *Un circo un poco raro*

Después de una lectura cuidadosa, la paradoja de los siguientes ejemplos es clara.

El ojo que ves no es
ojo porque tú lo veas;
es ojo porque te ve.

"Proverbios y cantares (I)", Antonio Machado,
de *Antología poética*

Vivo sin vivir en mí,
y tan alta vida espero,
que muero porque no muero.

> "Vivo sin vivir en mí", fragmento, SANTA TERESA DE JESÚS

Muchas veces despierto
navegando en un sueño,
un sueño en que me veo
justo cuando despierto.

> "Sueño" fragmento, EDGAR ALLAN GARCÍA, de *Palabrujas*

Te llaman porvenir
porque no vienes nunca.

> "Porvenir", fragmento, ÁNGEL GONZÁLEZ, en *Antología de poesía para jóvenes*

 Ironía

En la ironía el poeta da a entender lo contrario de lo que aparentemente expresa.

Si veis un pájaro distinto,
tiradlo;
si veis un monte distinto,
caedlo;
si veis un camino distinto,
cortadlo;

> "Distinto", fragmento, JUAN RAMÓN JIMÉNEZ

Nunca más quiero estrenar
más que ropa bien gastada,
vieja, rota y remendada.
Pero eso sí:
tiene que haber sido usada
solamente por mí.

> "Odio la ropa nueva", fragmento, ANA MARÍA SHUA, de *Las cosas que odio y otras exageraciones*

—¿Qué papel me ha tocado en esta vida?
—era la gran pregunta tan temida—.
¿Para qué estoy aquí? ¿Por qué nací?
¿Qué reserva el destino para mí?
Pensaba en estas cosas tan funestas,
pero jamás hallaba las respuestas,
hasta que en una insomne madrugada,
topó con la respuesta deseada.
Pegó un brinco de rana saltarina,
danzó cual consumada bailarina...
—¡Eureka! ¡Lo encontré! La gran cuestión
tiene una contundente solución.
Ya sé lo que me espera: mi destino
¡es verme convertido en buen tocino!

"El cerdo", fragmento, ROALD DAHL, de *¡Qué asco de bichos!*

▶ La visión poética

A veces, lo que nos fascina de la poesía es que nos presenta una idea que nos sorprende porque no se nos había ocurrido.

En el siguiente poema la poeta quiere hacernos conscientes de la igualdad de los seres humanos, pero en lugar de explicarlo, nos ofrece una visión poética que transmite su mensaje de un modo que nos conmueve más profundamente y que se queda grabado en la memoria.

¿De qué color ven el mar
los ojos negros?
¿Y los azules
lo ven igual?

"El color de mis ojos", F. ISABEL CAMPOY, de *Poesía eres tú*

No es extraño que distintos poetas busquen el modo de presentar la misma idea —la igualdad de los seres humanos, en este caso—, y que encuentren modos similares de hacerlo, como ocurre en el siguiente poema de Nicolás Guillén sobre el origen africano y español del protagonista.

Un cañón de chocolate
contra el barco disparó
y un cañón de azúcar, zúcar,
le contestó.

¡Ay, mi barco marinero,
con su casco de papel!
¡Ay, mi barco negro y blanco
sin timonel!

Allá va la negra negra
junto junto al español;
anda y anda el barco barco
con ellos dos.

"Un son para niños antillanos", fragmento, NICOLÁS GUILLÉN,
en *Letras para armar poemas*

La visión poética puede apoyarse en una metáfora, como cuando Isabel Campoy imagina que el color rojo de las fresas es producto del rubor que les produce ver al sol besar a su novia, la tierra.

Vamos a ver como besa
el sol a su novia la tierra
y como se colorean, al verlo,
todas, toditas las fresas.

"El beso", fragmento, F. ISABEL CAMPOY, de *Poesía eres tú*

◢◢▶ Temas poéticos ◢

El tema poético es el asunto del que trata el poema. Los temas más frecuentes en la poesía son: la naturaleza, la amistad, el amor, la soledad, la vida y la familia.

Hay quienes piensan que solo algunos temas se prestan para hacer poesía, pero lo cierto es que es posible hacer poesía sobre cualquier tema. Por ejemplo, la poesía no necesita hablar de algo excepcional, puede celebrar los pequeños detalles o las cosas más sencillas de la vida.

El siguiente poema manifiesta el deleite que siente la poeta cuando remoja las galletas en leche.

Si hay algo que de verdad disfruto
es ver qué bien remojan
las galletas
en el
vaso
d
e
l
e
c
h
e

"Galletas con leche", Mariana Torres Ruiz, de *Caleidoscopio*

La sencillez del objeto al que se le canta no implica disminuir la calidad de la poesía. Este poema a la cebolla de Pablo Neruda se sirve de la naturaleza misma de la cebolla para describirla, pero crea metáforas inesperadas. Por su forma redonda y su color brillante la llama *luminosa redoma*. Esa misma forma puede recordar un vientre abultado, que la calidad acuosa de la cebolla convierte en *vientre de rocío*. Las capas que van formando la cebolla al crecer dentro del *secreto de la tierra oscura* son, según el poeta, *pétalos* y también *escamas de cristal*.

Cebolla,
luminosa redoma,
pétalo a pétalo
se formó tu hermosura,
escamas de cristal te acrecentaron
y en el secreto de la tierra oscura
se redondeó tu vientre de rocío.

"Oda a la cebolla", fragmento, Pablo Neruda, de *Antología fundamental*

En la poesía para niños, algo tan cotidiano como la puerta de un refrigerador, un frijol (alubia) y las cosquillas se convierten en los temas de los siguientes poemas.

La puerta del refrigerador
no se sabe si tiene color
porque la cubren, de arriba abajo,
fotos, teléfonos, cartas,
todo sujeto por nuestro amor.

"La puerta del refrigerador", fragmento, F. Isabel Campoy, en *Chuchurumbé*

Para la semilla
la tierra es su cuna;
duerme con el sol,
duerme con la luna.

[...]

Algo la estremece,
semilla de alubia:
sueña que ha llegado
la gota de lluvia.

fragmento, EDUARDO CARRERA, de *El sueño de una alubia*

Calladito, calladito,
como si fuera a cazar
una presa muy querida,
se desliza hasta mi cama
y captura mis pies
en su red de plumas.

Entonces, una alocada risa
me sube a la cabeza por las piernas
como si, de paso al hormiguero,
desfilaran veloces las oficiosas
hormigas con el botín de la miel.

fragmento, ROSALÍA CHAVELAS, de *El señor Cosquillas*

 ## Poesía narrativa

La poesía narrativa tiene como meta contar una historia. En algunos poemas de este tipo hay varios personajes o, incluso, un narrador. Por eso, la poesía narrativa se asemeja a un cuento en prosa.

La tradición de narrar en verso ha continuado hasta nuestros días. En la literatura infantil y juvenil hay numerosos ejemplos de narrativa poética, desde cuentos hasta biografías, como las que escribe la poeta puertorriqueña Georgina Lázaro León.

Cuentan de un señor
que, sin ser mayor
(veintipocos años,
si es que no me engaño),
ya era un escritor
y hasta embajador
de Chile en Colombo.

¡Cuánto honor!
¡Qué bombo!

Residía en Ceilán
sin ningún afán,
una isla situada
allá por Bengala,
en cierto lugar
cerquita del mar;
aguas cristalinas,
música marina, [...]

fragmento, GEORGINA LÁZARO LEÓN, de *Conoce a Pablo Neruda*

El siguiente fragmento de un cuento sobre las peripecias de un vikingo es un perfecto ejemplo de poesía narrativa.

El pescador se detuvo
y vio al vikingo flotando,
lo subió a su embarcación
y le preguntó extrañado
de qué lugar provenía.

El vikingo sonreía
resoplando de alegría,
trató de explicar su hazaña,
su naufragio y la cascada.

El pescador lo miraba
con mucha curiosidad,
porque el vikingo no hablaba,
simplemente balbuceaba,
algo raro le pasaba
que le impedía narrar,
articular las palabras.

fragmento, ANA MERINO, de *El viaje del vikingo soñador*

Los mitos y leyendas no solo se narran en prosa, sino que también pueden ser poesía, como muestra el siguiente ejemplo de una leyenda del estado de Chihuahua (México).

Una sirena cantaba
a la orilla del río Conchos,
con su oscuro y tibio poncho
la noche la acariciaba;
su cantar esto afirmaba:

"El río no se va a secar
pues lo voy a alimentar
con la lluvia de mi llanto
y el hechizo de mi canto
su corazón va a sanar".

"La sirena del río Conchos", fragmento, EMILIO ÁNGEL LOME,
en *Versos que se cuentan y se cantan*

En la bibliografía al final de este libro hay numerosos ejemplos de cuentos y biografías en verso.

Poesía épica

En la tradición occidental encontramos largos poemas narrativos que cantan con admiración las hazañas de los héroes del pasado. A estos poemas se les conoce como poemas épicos. Entre los ejemplos más destacados de poesía épica se encuentran la *Ilíada* y la *Odisea* de Homero, obras escritas en la época clásica griega. A finales del siglo XI un poeta anónimo creó en Francia el *Cantar de Roldán*. En el siglo XIII los pueblos germánicos crearon el *Cantar de los nibelungos*. El poema épico más antiguo escrito en inglés es *Beowulf* (siglos VIII a XI).

El primer poema épico del que se tiene conocimiento en la literatura española es el *Cantar de Mio Cid*. Fue compuesto a principios del siglo XIII. La copia más antigua está firmada por Per Abbat, aunque se discute si él fue su autor o era sencillamente el copista.

El poema comienza cuando Rodrigo (Ruy) Díaz de Vivar es desterrado de Castilla. El héroe será luego conocido como Mio Cid (*cid* es una palabra árabe que significa "señor"), nombre que le dan sus enemigos en reconocimiento de su valor y de su compasión.

El poeta Pedro Salinas creó una versión en español moderno, siguiendo la métrica de la obra original, para que podamos no solo comprender el poema sino disfrutarlo como lo disfrutarían quienes lo oyeron en la versión original.

Los ojos de Mío Cid mucho llanto van llorando;
hacia atrás vuelve la vista y se quedaba mirándolos.
Vio como estaban las puertas abiertas y sin candados,
vacías quedan las perchas ni con pieles ni con mantos,
sin halcones de cazar y sin azores mudados.
Y habló, como siempre habla, tan justo tan mesurado:
"¡Bendito seas, Dios mío, Padre que estás en lo alto!
Contra mí tramaron esto mis enemigos malvados".

de *Poema de Mio Cid*, versión de PEDRO SALINAS,
en *Revista de Occidente*

La siguiente estrofa es de la versión original, en el castellano del siglo XIII.

> De los sos oios tan fuertemientre llorando,
> tornava la cabeça e estavalos catando;
> vio puertas abiertas e uços sin cañados,
> alcandaras vazias, sin pielles e sin mantos,
> e sin falcones e sin adtores mudados.
> Sospiro Mio Cid, ca mucho avie grandes cuidados.
> Fablo mio Cid bien e tan mesurado:
> «¡Grado a ti, Señor Padre, que estas en alto!»
> «Esto me an buelto mios enemigos malos».

 ## Romances

Los poemas épicos, o cantares de gesta, como el *Cantar de Mio Cid*, fueron diseminados por juglares que viajaban de pueblo en pueblo y los cantaban en las plazas, las iglesias o los castillos. Como los poemas eran extensos, los juglares seleccionaban ciertas partes que repetían con mayor frecuencia y que los oyentes se aprendían y luego cantaban. Esos trozos de los cantares, que solo cuentan un momento de la historia, fueron pasando de boca en boca, durante siglos, hasta que fueron recogidos por escrito. Esos son los llamamos romances, y así han llegado hasta nuestros días.

Los romances son composiciones poéticas de versos octosílabos y rima asonante en los versos pares. La mayoría de los romances tradicionales narraban historias o hablaban de amor.

> Un capitán sevillano
> siete hijas le dio Dios,
> y tuvo la mala suerte
> que ninguno fue varón.
>
> Un día la más pequeña
> le cayó la inclinación
> de que se fuera la guerra
> vestidita de varón.
>
> —Hija, no vayas, no vayas
> que te van a conocer,
> llevas el pelo muy largo
> y dirán que eres mujer.

> "Doncella guerrera", fragmento, tradicional, en *Poesía española para jóvenes*

El romance sigue vigente en nuestros días. Estos son ejemplos de romances modernos.

Era un niño que soñaba
un caballo de cartón.
Abrió los ojos el niño
y el caballito no vio.

Con un caballito blanco
el niño volvió a soñar;
y por la crin lo cogía...
¡Ahora no te escaparás!

"Parábolas (I)", fragmento, ANTONIO MACHADO,
de *Antología poética*

Mariquita, escribe, escribe,
y no dejes de escribir,
y no te olvides que «mayo»
siempre se escribe con «y».

Mariquita, lee, lee,
y no dejes de leer,
porque si no las orejas
pronto te van a crecer.

"Mariquita", fragmento, GLORIA FUERTES, en *Poesía española
para niños*

A la linda Caperucita
su mamá dijo que fuera
con cuidado por el bosque
a visitar a su abuela.

No había caminado mucho
en medio del bosque sola
cuando la Caperucita
se encontró con un gran lobo.

—¿Dónde vas, Caperucita?
—le preguntó aquel gran lobo.
—A casa de mi abuelita
que está enferma, señor Lobo.

—¿Por qué no haces un ramo
con estas flores hermosas?
—Se lo llevaré a abuelita;
le gustan mucho las rosas.

"Caperucita", fragmento, ALMA FLOR ADA, de *Cuentos en flor*

 ## Corridos

Los corridos son canciones populares mexicanas que narran una historia. El romance castellano dio origen al corrido mexicano en el siglo XIX. De hecho, muchos de los corridos populares siguen conservando la estructura de versos octosílabos con rima en los versos pares propia del romance.

Los corridos tienen una temática muy variada, pero predominan los corridos que cuentan hechos históricos, sucesos políticos o historias de amor.

Cuando los viejos platican
—cuento que el viento llevó—
gustan de hablar de Zapata,
que muy niño se anunció.

Cuida el pueblo su leyenda
con alfarero fervor.
La pule, la va puliendo,
la guarda en una canción.

Después nos llega el "corrido"
de un ignorado cantor,
y así vive entre su pueblo,
lo que este pueblo adoró.

[...]

Nos dice y anda diciendo,
algún viejo decidor,
que Zapata muy temprano
apuntó a libertador.

"Corrido de Zapata Niño", fragmento, tradicional

 ## Poesía humorística

La poesía no siempre es seria; hay también magnífica poesía humorística. Y en ella pueden también tocarse todos los temas, incluso la vida de ultratumba, los vampiros y los espectros, como hace con mucho ingenio Antonio Orlando Rodríguez en *El rock de la momia y otros versos diversos*.

El humor también puede contener materia de reflexión, como lo demuestra el siguiente poema.

Si te hacen temblar
los cuentos de espantos,
te diré, en secreto,
que no es para tanto.

La gente se piensa
que en el Otro Mundo
todos los espectros
somos furibundos.

Los hay de temer,
no lo he de negar,
pero Aquí hay de todo
al igual que Allá.

Si te hacen temblar
los cuentos de espantos,
te diré, en secreto,
que no es para tanto.

El mundo de ustedes
nos llena de susto.
Ya casi ni vamos
pa' evitar disgustos.

Lo que hemos visto
nos ha puesto en *shock*:
guerras, injusticias,
odio, incomprensión.

Si te hacen temblar
los cuentos de espantos,
te diré, en secreto,
que no es para tanto.

Al lado de algunos,
somos corderitos
que no amedrentamos
ni a los más chiquitos.

La fama de monstruos
no hay quien nos la quite.
Pero, ¿será justa?
Piénsalo y me dices...

> "Rock de los espantos espantados", Antonio Orlando Rodríguez,
> de *El rock de la momia*

El siguiente ejemplo es, en realidad, un conocido chiste hecho poema.

En la clase de español, un compañero
rasca y rasca su cabeza con esmero.

La maestra nota aquella rascadera
y pregunta de muy mala manera:
—¿Podrías decirme, Oropesa,
por qué rascas de esa forma tu cabeza?

El alumno responde en tono incierto:
—Es que traigo en la cabeza un piojo muerto.

—¿Y tanto ruido por un difunto piojo?
—pregunta la maestra con enojo.

—Es que al velorio —dice el alumno sonriente—
llegaron todititos los parientes.

> "En clase de español", Emilio Ángel Lome, de *Versos que se
> cuentan y se cantan*

A los estudiantes más pequeños les será más fácil entender el humor si es visual o físico. Las imágenes que se presentan en las siguientes estrofas (una vaca dormida en un camión y dos pollos en bicicleta) seguramente les causarán risa.

El camión que va hasta el puerto,
como todas las mañanas,
Lleva una vaca dormida
sobre una cama de alfalfa.

Al camión siguen de cerca
dos pollos en bicicleta.
Como se pinchan las ruedas,
el camión abre la puerta.

> fragmento, Cecilia Pisos, de *El baúl de los transportes*

Elegía

Uno de los sentimientos más poderosos es el dolor por la muerte de un ser querido, por eso no es extraño que la muerte haya inspirado muchos poemas. En la poesía en lengua española hay varios ejemplos notables de poemas sobre la muerte. Usualmente son elegías, poemas que ensalzan a una persona cuya muerte lamentan.

El primer poema famoso de esta naturaleza es "Coplas a la muerte de su padre" de Jorge Manrique (1440–1479). El poeta reconoce las cualidades de su padre y busca consuelo en su memoria. Manrique centra el poema en una metáfora que se ha hecho muy conocida: compara la vida con un río que va hacia la mar. La metáfora cobra gran fuerza porque Manrique afirma una profunda verdad: aunque las vidas de las personas puedan ser muy diferentes, la muerte las iguala.

Después de dos estrofas en que lamenta la brevedad de la vida, el poeta dice:

> Nuestras vidas son los ríos
> que van a dar en la mar
> que es el morir;
> allí van los señoríos
> derechos a se acabar
> y consumir;
> allí los ríos caudales,
> allí los otros, medianos
> y más chicos,
> allegados, son iguales
> los que viven por sus manos
> y los ricos.

El largo poema, después de distintas reflexiones y de celebrar las virtudes de su padre, termina mostrando que el poeta encuentra consuelo en el recuerdo:

> Y aunque la vida perdió,
> nos dexó harto consuelo
> su memoria.

José Martí crea una elegía muy distinta en sus preciados *Versos sencillos* a la joven guatemalteca que había sido su alumna y lo había amado.

> Quiero, a la sombra de un ala,
> contar este cuento en flor:
> la niña de Guatemala,
> la que se murió de amor.

> "La niña de Guatemala", fragmento, JOSÉ MARTÍ

Otra elegía extraordinaria es "Llanto por Ignacio Sánchez Mejía" de Federico García Lorca (1898–1936). La elegía por la muerte del torero, a quien Federico admiraba, se divide en cuatro cantos de estructuras muy distintas. Cada uno es un poema en sí mismo.

El primer canto, "La cogida y la muerte", describe el momento en que el toro hiere al torero y utiliza el estribillo de la hora, las cinco de la tarde, para ir mostrando la agonía del torero.

> A las cinco de la tarde.
>
> Eran las cinco en punto de la tarde.
>
> Un niño trajo la blanca sábana
> a las cinco de la tarde.
>
> [...]
>
> Un ataúd con ruedas es la cama
> a las cinco de la tarde.
>
> [...]
>
> y el gentío rompía las ventanas
> a las cinco de la tarde.
>
> [...]
>
> ¡Ay qué terribles cinco de la tarde!
> ¡Eran las cinco en todos los relojes!
> ¡Eran las cinco en sombra de la tarde!

El segundo canto, "La sangre derramada", también repite un verso.

> ¡Que no quiero verla!
>
> Dile a la luna que venga,
> que no quiero ver la sangre
> de Ignacio sobre la arena.
>
> ¡Que no quiero verla!

El tercer canto, "Cuerpo presente", es un poema en versos de arte mayor con los que el poeta se enfrenta a la realidad final de la muerte. Termina dirigiéndose directamente al amigo.

> No quiero que le tapen la cara con pañuelos
> para que se acostumbre con la muerte que lleva.
> Vete, Ignacio: No sientas el caliente bramido.
> Duerme, vuela, reposa: ¡También se muere el mar!

En el cuarto y último canto, "Alma ausente", el poeta confronta el tema del olvido. Ya nadie reconoce al amigo muerto.

> No te conoce el toro ni la higuera,
> ni caballos ni hormigas de tu casa.
> No te conoce el niño ni la tarde
> porque te has muerto para siempre.

Pero a pesar de la finalidad de la muerte y el olvido de los demás, el poeta lo describirá, por medio de poderosas imágenes, en una estrofa final que comienza con este rotundo verso:

> No te conoce nadie. No. Pero yo te canto.

Tipos de poemas según su forma

Poema diamante

Un poema diamante es un poema cuyos versos, al ser de distinta extensión, forman un diamante. Están formados por siete versos asonantes en forma de diamante. El primer verso es un sustantivo; el segundo, dos adjetivos que describan al sustantivo; el tercero, tres verbos; el cuarto, cuatro sustantivos (los dos últimos deben tener un significado opuesto a los dos primeros); el quinto, tres verbos que reflejen el cambio en el sujeto del poema; el sexto, dos adjetivos que continúen la idea del cambio; y el séptimo, un sustantivo que sea opuesto al primer sustantivo.

> Días
> claros, brillantes,
> relucen, sonríen, alegran,
> juegos, amistad; estrellas, versos,
> relajan, consuelan, arrullan,
> oscuras, tranquilas
> noches
>
> Lucy Lara, en www.sectorlenguaje.cl

► **Acróstico**

El acróstico consiste en versos libres cuyas letras iniciales forman un nombre, una palabra o una frase. La palabra que se forma con las letras iniciales de cada verso puede ser el nombre de alguien o una palabra relacionada con el tema del poema.

Un niño llamado Ernesto escribió el siguiente ejemplo. Utilizó las letras de su nombre al comienzo de cada verso libre.

> Estaba en la luna.
> Robando las estrellas.
> Nadie me veía.
> Estaba yo solito.
> Sonriendo con las estrellas.
> También me quería llevar la luna.
> Ochenta estrellas me llevé.

► **Caligrama**

Los caligramas son breves poemas que se escriben formando un dibujo relacionado con el tema del poema.

"Guitarra", ANTONIO GRANADOS, de *Poemas de juguete*

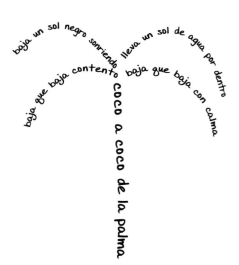

"Sol de agua", ANTONIO GRANADOS, de *Poemas de juguete*

 ## Palíndromo

Un palíndromo es una palabra o frase que se lee igual de derecha a izquierda que de izquierda a derecha. Se cree que el creador del palíndromo fue el poeta griego Sótades (siglo III a. C.). Algunos poetas de nuestro tiempo siguen creando palíndromos.

> Amo la pacífica paloma.
>
> JUAN FILLOY

> Onís es asesino.
>
> AUGUSTO MONTERROSO

> Acá va la vaca.
> Sé verla al revés.
>
> ANTONIO GRANADOS, de *Poemas de juguete*

 ## Haikú

El haikú es una composición poética japonesa. El haikú japonés original es un poema no rimado de tres versos, usualmente de 5, 7 y 5 sílabas. Suele hacer referencia a la naturaleza.

> ¿En qué lugar
> de esta galaxia, estrella
> mía, estarás?
>
> ISSA

> Araña, ¿qué cantarías tú?
> ¿Con qué voz,
> en este viento de otoño?
>
> BASHO

> Ráfagas de otoño:
> durante esta noche
> en la montaña.
>
> BASHO
> de *Al viento: antología de haikús*

Al adoptarse en otros idiomas, la estructura y el tema de los haikús podría cambiar.

¡Del verano, roja y fría
carcajada,
rebanada
de sandía!

> "Sandía", JOSÉ JUAN TABLADA, en *Chuchurumbé*

Dedos de magia
rasguñan de colores
nuestra nostalgia.

> "Caja de pintura", ANTONIO GRANADOS, de *Poemas de juguete*

Tanka

El tanka es otra composición poética de la literatura japonesa clásica. Consiste en un poema breve sin rima y con 31 sílabas distribuidas en cinco versos. Los versos primero y tercero son pentasílabos (5 sílabas). Los tres restantes son heptasílabos (7 sílabas).

Estos poemas tanka han sido creados originalmente en español.

Brota en silencio
la penumbra primera,
sombra luciente.
Alto el cielo refulge,
breve luna de llamas.

Brisa del alba
sopla oscura y tranquila
sobre las barcas.
Cabecean las proas
en el agua rizada.

> MARIO HERNÁNDEZ, de *Tankas del mar y de los bosques*

El siguiente ejemplo lo leyó Octavio Paz en su discurso de aceptación del Premio Nobel, en 1990.

Es grande el cielo
y arriba siembran mundos.
Imperturbable,
prosigue en tanta noche
el grillo berbiquí.

> OCTAVIO PAZ

Un limerick es un poema humorístico de cinco versos y rima **AAbbA**. El autor inglés Edward Lear hizo famosos los limericks en su libro *Book of Nonsense* publicado en 1846.

El limerick no es un tipo de poema propio de la lengua española. Sin embargo, María Elena Walsh, la gran poeta argentina que dedicó muchos libros a los niños, lo usó tan extensamente que no puede hablarse de la poesía infantil en español sin mencionarlo.

Por lo general, el primer verso de un limerick presenta o define al protagonista. El segundo verso habla de sus características. Los versos tercero y cuarto cuentan algo del protagonista. El quinto verso termina de manera sorprendente.

> Un canario que ladra si está triste,
> que come cartulina en vez de alpiste;
> que se pasea en coche
> y toma sol de noche,
> estoy casi seguro que no existe.
>
> de *Zoo loco*, María Elena Walsh

> En Tucumán vivía una tortuga
> viejísima, pero sin una arruga,
> porque en toda ocasión
> tuvo la precaución
> de comer bien planchada la lechuga.
>
> "En Tucumán vivía una tortuga", María Elena Walsh,
> en *Letras para armar poemas*

Elsa Isabel Bornemann es otra galardonada poeta argentina que creó divertidos limericks como parte de su extensa obra enfocada en la literatura infantil.

> Cierta noche de lluvia, una bruja
> cosió gotas con hilo y aguja.
> Luego en el balcón
> se comió un jabón
> y ahora vive soplando burbujas.
>
> "La bruja enjabonada", Elsa Bornemann, de *El espejo distraído*

Lira

La lira es una composición poética de origen italiano que fue introducida a la poesía española por el gran poeta renacentista Garcilaso de la Vega. Las estrofas de la lira constan de cinco versos en que se combinan versos de arte menor y de arte mayor: tres versos heptasílabos (7 sílabas) y dos endecasílabos (11 sílabas). El esquema es el siguiente:

primer verso	heptasílabo	**a**
segundo verso	endecasílabo	**B**
tercer verso	heptasílabo	**a**
cuarto verso	heptasílabo	**b**
quinto verso	endecasílabo	**B**

Algunos de los poemas más famosos en lengua castellana se han escrito en forma de lira.

> Si de mi baja lira
> tanto pudiese el son, que en un momento
> aplacase la ira
> del animoso viento
> y la furia del mar y el movimiento,
>
> y en ásperas montañas
> con el süave canto enterneciese
> las fieras alimañas,
> los árboles moviese
> y al son confusamente los trujiese:
>
> "Oda a la flor de Gnido", fragmento, GARCILASO DE LA VEGA,
> de *Canción V*

> En una noche oscura,
> con ansias, en amores inflamada,
> (¡oh, dichosa ventura!)
> salí sin ser notada,
> estando ya mi casa sosegada.
>
> [...]
>
> En la noche dichosa,
> en secreto, que nadie me veía,
> ni yo miraba cosa,
> sin otra luz ni guía
> sino la que en el corazón ardía.
>
> "Noche oscura del alma", fragmento, SAN JUAN DE LA CRUZ,
> en *Antología poética universal*

¡Qué descansada vida
la del que huye del mundanal ruïdo
y sigue la escondida
senda por donde han ido
los pocos sabios que en el mundo han sido!

"Vida retirada", fragmento, FRAY LUIS DE LEÓN

 ## Soneto

El soneto es una composición poética de origen italiano. Consta de una combinación de catorce versos endecasílabos divididos en cuatro estrofas: dos cuartetos y dos tercetos. El soneto fue introducido en la literatura española en el siglo XVI por Juan Boscán y por Garcilaso de la Vega. A partir de ese momento, esta composición poética ha sido cultivada con gran frecuencia y acierto por los mejores poetas en lengua española.

En el soneto clásico la rima es consonante: **ABBA**, **ABBA**, **CDC**, **DCD**. En sonetos más modernos podemos encontrar variaciones en el esquema de la rima, como por ejemplo: **ABAB** en los cuartetos y **CDE** en los tercetos. Como ya se ha explicado, en la poesía contemporánea los poetas se sienten con gran libertad de apoyarse en estructuras clásicas, pero luego modificarlas a su gusto.

Lope de Vega, el gran dramaturgo español del Siglo de Oro, escribió este soneto humorístico, precisamente para describir la estructura de un soneto.

Un soneto me manda hacer Violante,
y en mi vida me he visto en tal aprieto;
catorce versos dicen que es soneto,
burla burlando van los tres delante.

Yo pensé que no hallara consonante
y estoy a la mitad de otro cuarteto,
mas si me veo en el primer terceto,
no hay cosa en los cuartetos que me espante.

Por el primer terceto voy entrando
y parece que entré con pie derecho,
pues fin con este verso le voy dando.

Ya estoy en el segundo y aun sospecho
que estoy los trece versos acabando:
contad si son catorce y está hecho.

"Soneto de repente", LOPE DE VEGA, en *Historia de la literatura española: Barroco*

El poeta español Ángel González Muñiz (1925–2008) trata temas sociales y cotidianos. Su poesía se caracteriza por un lenguaje claro y directo. En el siguiente soneto hace una crítica a los poetas que usan un lenguaje rebuscado y viven en un mundo irreal, alejados de la gente.

Todas vuestras palabras son oscuras.
Avanzáis hacia el hombre con serena
palidez: miedo trágico que os llena
la boca de palabras más bien puras.

Decís palabras sórdidas y duras:
«fusil», «muchacha», «dolorido», «hiena».
Lloráis a veces. Honda es vuestra pena.
Oscura, inútil, triste entre basuras.

España es una plaza provinciana
y en ella pregonáis la mercancía:
«un niño muerto por una azucena».

Nadie se para a oíros. Y mañana
proseguiréis llorando. Día a día.
… Impura, inútil, honda es vuestra pena.

"Sonetos a algunos poetas", ÁNGEL GONZÁLEZ,
en *Antología de poesía para jóvenes*

El soneto no es muy frecuente en la poesía infantil. Este se ha creado para compartir con los estudiantes más jóvenes.

Me encanta mi maestra que me quiere
tanto como yo la quiero a ella.
Para mí, ella es como una estrella
y por eso confío en que me espere.

Tiene el pelo largo, suave y rizado,
sus ojos negros parecen de azabache,
le gusta siempre andar con guaraches.
¡Ay! ¡Cuánto me gusta estar a su lado!

Mi maestra es superinteligente.
Sabe sumar, restar y multiplicar.
No es una persona muy corriente.

Cuando sea grande me voy a casar
con la señora López, mi maestra.
¡Estoy seguro que me va a esperar!

"Mi mejor tarea", F. ISABEL CAMPOY

▶ Estrofas y versos encadenados

En un poema de estrofas encadenadas, el primer verso de cada estrofa repite total o parcialmente el último verso de la estrofa anterior. En algunos casos, la última estrofa del poema termina con el mismo verso que la primera.

Por el tronco, por la rama,
va lentito el caracol
dejando un rastro de plata
que brillará bajo el sol.

Que brillará bajo el sol
que ilumina la pradera.
El canto del ruiseñor
heraldo de primavera.

Heraldo de primavera
el aroma de la flor
y, de la enredadera,
el delicado color.

El delicado color
de las ramas florecidas
que prometen el sabor
de cerezas escondidas.

De cerezas escondidas
que brotarán de las ramas
donde deja el caracol
un tenue rastro de plata
¡qué brillará bajo el sol!

"Ronda", ALMA FLOR ADA, de *Todo es canción*

En el caso de versos encadenados, cada verso comienza con la última palabra del verso anterior.

El agua me ha deshecho
la flor y el lazo.
¡Yo lloro por **la flor**,
la flor del campo!

"Yo tengo un lazo azul", JOSÉ LUIS HIDALGO, en *Poesía española para niños*

Que mi dedito lo cogió una **almeja**,
que la **almeja** se cayó en la **arena**,
y que la **arena** se la tragó el **mar**.
Y que del **mar** la pescó un **ballenero**
y el **ballenero** llegó a Gibraltar;

"La manca", fragmento, Gabriela Mistral, en *Letras para armar poemas*

 ## Refranes

Los refranes son perlas de la sabiduría popular. Coinciden con la poesía en su carácter sintético de expresar mucho con pocas palabras. Su propósito es ofrecer consejos.

Muchos de los refranes en lengua castellana son pareados. Pueden tener rima consonante.

Haz bien
y no mires a quien.

Hoy por ti
mañana por mí.

O tener rima asonante.

Quien a buen árbol se arrima
buena sombra le cobija.

O no tener rima, pero sí otros elementos poéticos, como ritmo, rimas internas o aliteraciones.

Dime con quién andas
y te diré quién eres.

O se pueden construir a partir de una metáfora.

Quien siembra vientos
recoge tempestades.

La avaricia rompe el saco.

 ## Dichos

Los dichos coinciden con los refranes en su carácter sintético; pero a diferencia de estos, no pretenden aconsejar, sino simplemente reconocer algo que se considera una verdad o un hecho aceptado.

Los dichos pueden tener rima.

> De casta le viene al galgo
> ser rabilargo.

> Donde las dan
> las toman.

O solamente conseguir cierto ritmo por la combinación de un verso más largo y otro más corto.

> Quien mucho abarca
> poco aprieta.

> A quien le quede el sayo
> que se lo ponga.

Pueden usar la aliteración.

> De tal palo, tal astilla.

O pueden basarse en una metáfora.

> A buen hambre, no hay pan duro.

> En casa del herrero, cuchillo de palo.

 ## Retahílas

Las retahílas son poemas infantiles que cuentan una serie de sucesos en orden. Las retahílas no suelen tener sentido, ya que lo que se persigue es el juego verbal.

> Don Pepito, el barullero,
> se metió en un sombrero.

> El sombrero era de paja,
> se metió en una caja.

> La caja era de cartón,
> se metió en un balón.

> El balón era muy fino,
> se metió en un pepino.

> El pepino maduró
> y don Pepito se escapó.

> en *Palabrerías: Retahílas, trabalenguas, colmos y otros juegos de palabras*, Eufemia Hernández

La siguiente retahíla de la tradición oral se apoya en una onomatopeya que le aporta musicalidad.

> Cucú, cucú,
> cantaba la rana.
> Cucú, cucú,
> debajo del agua.
> Cucú, cucú,
> pasó un caballero.
> Cucú, cucú,
> con capa y sombrero.
> Cucú, cucú,
> pasó una señora.
> Cucú, cucú,
> con falda de cola.
> Cucú, cucú,
> pasó un marinero.
> Cucú, cucú,
> vendiendo romero.
> Cucú, cucú,
> le pedí un ramito.
> Cucú, cucú,
> no me quiso dar.
> Cucú, cucú,
> me puse a llorar.

"Retahílas", en *El libro que canta*, tradicional, vuelto a contar por YOLANDA REYES

 ## Greguerías

Las greguerías son oraciones que expresan una imagen sorprendente o un pensamiento sobre algún aspecto de la realidad. El escritor español Ramón Gómez de la Serna (1888–1963) fue el creador de las greguerías.

> Las pirámides son las jorobas del desierto.

> Las pasas son uvas octogenarias.

> El dolor más grande del mundo es el dolor de colmillo de elefante.

en *Palabrerías: Retahílas, trabalenguas, colmos y otros juegos de palabras*, EUFEMIA HERNÁNDEZ

Nanas, arrullos o canciones de cuna

Una de las expresiones de ternura de las madres a lo largo del tiempo ha sido cantarles a sus niños pequeños para dormirlos. Las nanas o canciones tradicionales con las que se duerme a los niños suelen tener todas las cualidades de la buena poesía.

Este hermoso arrullo tiene la rima tradicional de los romances; es decir, los versos pares riman en asonante.

> A dormir va la rosa
> de los rosales
> a dormir va mi niña
> porque ya es tarde.
>
> Mi niño se va a dormir
> con los ojitos cerrados
> como duermen los jilgueros
> encima de los tejados.
>
> TRADICIONAL

En este otro popular arrullo algunas estrofas tienen rima consonante, pero como otras tienen rima asonante, se considera que en conjunto la rima es asonante.

> Esta niña linda
> que nació de noche
> quiere que la lleven
> a pasear en coche.
>
> Este niño lindo
> que nació de día
> quiere que lo lleven
> a comer sandía.
>
> Esta niña linda
> no quiere dormir
> quiere que la lleven
> a ver el jardín.
>
> Este niño lindo
> no quiere dormir
> cierra los ojitos
> y los vuelve a abrir.
>
> TRADICIONAL

Los poetas contemporáneos también escriben nanas o arrullos. Éste es un ejemplo, escrito en estrofas de pie quebrado, de 7 y 5 versos, de un libro que es un conjunto de nanas:

Cuando mi niña duerme,
dicen las olas,
que se quedó dormida
la caracola.

Cuando mi niña duerme,
dice el jazmín,
que se quedó dormido
todo el jardín.

Cuando mi niña duerme,
me dice el cielo,
que se quedó dormido
un gran lucero.

Cuando mi niña duerme,
te digo yo
que se quedó dormido
mi corazón.

"Cuando mi niña duerme", ALMA FLOR ADA

Rondas y canciones tradicionales

En español existe una inmensa colección de rondas y canciones tradicionales. Algunas de estas rondas y canciones llegaron desde España y se asentaron en los pueblos de Hispanoamérica, y por eso se encuentran por todo el ámbito hispanohablante, a veces con modificaciones. Otras nacieron en los distintos países de Hispanoamérica o en el Suroeste de los Estados Unidos y tienen un carácter más regional.

De colores,
de colores se visten los campos
en la primavera.
De colores,
de colores son los pajarillos   (o pajaritos)
que vienen de afuera.
De colores,
de colores es el arco iris
que vemos lucir.   (o brillar)

Y por eso los grandes amores
de muchos colores
me gustan a mí.

Canta el gallo,
canta el gallo,
con el quiri, quiri, quiri, quiri, quiri;
la gallina,
la gallina
con el cara, cara, cara, cara, cara;
los polluelos,
los polluelos   (o pollitos)
con el pío, pío, pío, pío, pí.

Y por eso los grandes amores
de muchos colores
me gustan a mí.

> "De colores", tradicional, en *¡Pío Peep!*

La siguiente ronda forma parte de la tradición oral española.

Estaba la pájara pinta
sentadita en su verde limón,
con el pico cortaba la rama,
con la rama cortaba la flor.
¡Ay, ay, ay!
¿Cuándo vendrá mi amor?

> "Ronda de la pájara pinta", en *El libro que canta*, tradicional,
> vuelto a contar por Yolanda Reyes

⦿⦿⦿▶ Relación entre el teatro y la poesía ◼

El teatro en lengua española nació en verso. Los mayores dramaturgos del Siglo de Oro —Lope de Vega, Calderón de la Barca, Tirso de Molina— escribieron sus obras de teatro en verso, como también lo hizo sor Juana Inés de la Cruz. Esa tradición continuó durante el Romanticismo, cuando José Zorrilla escribe en verso su obra maestra, *Don Juan Tenorio* (1844).

Inés, alma de mi alma,
perpetuo imán de mi vida,
perla sin concha escondida
entre las algas del mar;

garza que nunca del nido
tender osaste el vuelo,
el diáfano azul del cielo
para aprender a cruzar;
si es que a través de esos muros
el mundo apenada miras,
y por el mundo suspiras
de libertad con afán,
acuérdate que al pie mismo
de esos muros que te guardan,
para salvarte te aguardan
los brazos de tu don Juan.

de *Don Juan Tenorio*, JOSÉ ZORRILLA

Y en verso escribe sus obras la gran dramaturga cubana Gertrudis Gómez de Avellaneda (1814–1873), precursora del abolicionismo de la esclavitud y del feminismo.

La relación entre el teatro y la poesía continuará tomando formas muy distintas. El poeta español Federico García Lorca (1898–1936) definió esta relación como: "El teatro es poesía que se levanta del libro y se hace humana".

Alfonso Sastre, un importante dramaturgo español del siglo XX, crea para los niños una magnífica obra de teatro en verso, *Historia de una muñeca abandonada*. Debido a la familiaridad de Alfonso Sastre con el teatro clásico y con la métrica, esta obrita exhibe un manejo excepcional de la rima, pues al igual que en las obras clásicas, se usan distintos metros según el momento de la obra.

Historia de una muñeca abandonada se centra en la decisión sobre quién debe ser la dueña de una muñeca: la niña rica que la abandonó porque ya no la quería o la hija de la cocinera de la casa, que la recogió, cuidó y atendió con cariño. La excelente caracterización de los personajes, el gran sentido del humor, los versos fáciles de recordar y la tensión que logra crear el problema ético presentado, hacen que esta obra sea perfecta para la representación en la escuela, algo que afirmamos con convicción porque la hemos puesto en escena en varias ocasiones, en cursos de literatura con maestros bilingües en El Paso, Chicago, Filadelfia, Puerto Rico y Madrid.

El teatro ofrece la oportunidad de desarrollar muchas habilidades necesarias, entre ellas:

- desarrolla el vocabulario, dándoles la oportunidad a los estudiantes de usar un lenguaje que, de otro modo, no tendrían ocasión de utilizar;
- combate la timidez e inhibición y fomenta el sentirse cómodo frente al público;
- facilita la adquisición de buena pronunciación y entonación;
- acostumbra a la proyección de la voz.

Además, hacer teatro conlleva otros importantes beneficios:

- el interpretar los sentimientos de los personajes permite una mejor comprensión de sí mismo y de los demás;
- por ser una actividad que exige la colaboración de muchas personas, el teatro fomenta la solidaridad y el espíritu de cooperación.

Una virtud adicional, aunque no menos importante, es que presentar obras de teatro, por sencilla que pueda ser la puesta en escena, es una forma tangible de llevar a los padres a la escuela. Esto puede aprovecharse para compartir un mensaje con ellos. En la bibliografía se encuentran títulos de obras infantiles y juveniles en verso.

POESÍA
EN EL
AULA

II. POESÍA EN EL AULA

▶ Presentar el poema

Al presentarse el poema a la clase, se puede despertar el interés en la lectura de manera similar a la que se emplea con otros textos literarios. A continuación se desglosan algunas estrategias útiles para presentar el poema.

- **Conversar sobre el título** del poema, pidiendo a los estudiantes que hagan predicciones sobre cuál puede ser el contenido del poema.
- **Relacionar el poema con un tema de interés** para los estudiantes, con otro poema, con algún libro con el que guarde algún vínculo o con el autor o la autora si ya han leído otros poemas de la misma persona.
- **Mostrar un objeto**, **una foto**, **la reproducción de un cuadro** que esté relacionado con el tema del poema.
- **Sugerir que el poema que va a leerse será una inspiración** para que ellos creen su propio poema.
- **Usar otros recursos que hagan sentir a los estudiantes que la lectura de un poema es algo especial**. Algunos maestros establecen un pequeño ritual como, por ejemplo, encender una vela y poner música de fondo apropiada. El objetivo es sugerir que la poesía es algo que disfrutamos de un modo especial, pero sin que esto la aleje, ni la convierta en algo exclusivo y distante, puesto que lo que se busca es lo contrario; es decir, que la poesía se convierta en algo natural, espontáneo y cotidiano.

▶ Mostrar cómo leer

Hay muchas maneras de leer un poema en la clase. Lo importante es darles sentido a las palabras, alimentarlas de entusiasmo, hacerlas volver a nacer en nuestra voz. Los maestros, los bibliotecarios o los padres deben mostrar cómo leer poesía en voz alta.

Después de familiarizarse con el poema, por haberlo leído varias veces, es importante asegurarse de que la lectura ayude a la comprensión haciendo las pausas necesarias y utilizando el énfasis y la expresión adecuada a lo que el poema sugiere. Un error común que debe evitarse es hacer una pausa prolongada al final de cada verso. Las pausas al leer un poema deben reflejar la puntuación y el sentido. Al final de los versos la pausa debe ser casi imperceptible, a menos que coincida con un punto o con un punto y coma. En algunos casos, no existe una pausa al final de un verso cuando su sentido se completa en el siguiente. Cuando dos versos deben leerse sin pausa alguna se dice que están encabalgados.

El tono de la voz y la expresión que use el lector serán una ayuda importante para la comprensión de quienes escuchan el poema. Los gestos que apoyen las palabras del poema pueden ser apropiados en algunos momentos, pero estos gestos deben ser siempre naturales, nunca exagerados. Un movimiento o sonido rítmico resulta apropiado en poemas que tienen un ritmo muy específico.

Escuchar una grabación

Es posible obtener audios o grabaciones de algunos poemas o de cuentos en verso. Escuchar una grabación hecha por el autor o la autora puede tener un significado especial para los estudiantes. No solo comprenderán que el poeta no es alguien alejado del mundo, sino que advertirán cómo el poeta interpreta sus propias palabras. Muchas veces estas grabaciones van acompañadas de breves explicaciones que hace el autor sobre la creación del texto que ha grabado.

En algunas ocasiones los poemas han sido convertidos en canción, lo que les da un encanto adicional. Escuchar la versión en canción de un poema es especialmente útil con los estudiantes más jóvenes.

Lectura compartida o coral

Hay distintos métodos de invitar a los estudiantes a compartir la lectura de un poema. Pueden usarse individualmente o combinarse. La elección del método depende del poema, pues algunos métodos son más apropiados a un estilo de poema que a otro.

- **Reiteración**: El adulto muestra cómo leer el poema leyéndolo en voz alta una vez. Luego invita a los estudiantes a que lean o repitan a medida que el adulto lee el poema por segunda vez.
- **Eco**: Después de haber leído el poema una vez, el adulto invita a los estudiantes a que repitan solo algunas partes del poema; por ejemplo, un verso sí y otro no, o un estribillo que aparece varias veces en el poema, o una palabra especial.
- **Canción**: Hay muchos poemas que se han musicalizado. Si el poema que se va a compartir con la clase tiene una versión musical, los estudiantes disfrutarán cantándolo. Aunque no hayan sido musicalizados, hay poemas que se prestan para convertirlos en canción. Muchas veces es posible encontrar un ritmo que permita cantarlo.
- **En grupos**: Puede dividirse la clase en grupos y asignarle a cada grupo una estrofa del poema.
- **Gestos o movimientos**: En algunos poemas los estudiantes pueden acompañar la lectura del maestro con gestos o movimientos apropiados.

Lectura en voz alta por los estudiantes

Es importante que los estudiantes aprendan a disfrutar su propia lectura en voz alta de distintos tipos de poemas. Por ello debe dárseles la oportunidad de que lean en voz alta. En ocasiones la lectura puede tener lugar en grupos pequeños; otras veces, será más apropiado leer a toda la clase.

 ## Diálogo sobre el poema

La verdadera lectura no se limita a descubrir lo que dicen las palabras escritas, es, en realidad, un diálogo entre el lector y el texto, un diálogo en el cual el lector contribuye tanto como el texto mismo. Esta verdad, que es aplicable a todo acto lector, es igualmente válida para la poesía.

La lectura es más que una fuente de información o entretenimiento. Es un acto que nos enriquece y fortalece. La lectura ofrece la oportunidad de conocernos mejor a nosotros mismos y de entender mejor a los demás. Puede ser fuente de valentía, dignidad, compasión, generosidad y esperanza que nos ayudará a ser protagonistas más capaces de nuestra propia vida.

En el acto lector se pueden reconocer cuatro aspectos. Para explicarlos con mayor claridad los llamamos fases. Estas fases no ocurren independientemente, sino en forma simultánea, aunque aquí las describimos de una en una para distinguirlas mejor. En algunos casos pueden contribuir a crear un diálogo significativo en el proceso del análisis de los poemas. Se pueden aplicar con estudiantes de cualquier edad.

 ## Fase descriptiva

En este momento inicial, el lector u oyente comprende el contenido del texto. Para guiar el diálogo pueden utilizarse preguntas del tipo de *¿Qué? ¿Quién? ¿Cómo? ¿Cuándo? ¿Dónde? ¿Por qué?* y buscar las respuestas en el texto.

 ## Fase interpretativa

El texto provoca reacciones personales. El lector u oyente responde inmediatamente al texto con sentimientos y emociones que se basan en sus propias experiencias en circunstancias semejantes o contrarias a las que el texto presenta. El lector confirma su experiencia, o la cuestiona o amplía, en respuesta a lo que el texto propone.

A continuación se presentan algunas preguntas modelo que pueden guiar el diálogo en esta fase.

- ¿Has sentido alguna vez algo así? ¿Has sentido algo opuesto?
- Si se tratara de ti o de tu familia, ¿pensarías (o sentirías) de la misma manera, o de forma diferente?
- ¿Te resulta familiar lo que el autor describe? ¿Es algo nuevo? ¿Te sorprende?
- ¿Qué has sentido en una situación parecida?

▶ Fase crítica

Una vez que el lector haya entendido el texto, las emociones que pueda haber sentido van seguidas de una reflexión apropiada a su edad y madurez.

Para guiar el diálogo, se pueden hacer este tipo de preguntas.

- ¿Es esto apropiado (ético, saludable, compasivo, valiente, justo, equitativo)?
- ¿Alguien se beneficia (o sufre) debido a estas condiciones?
- ¿Cuáles serían las consecuencias si todos aceptáramos esta idea (esta conducta)?
- ¿Cómo reaccionarían a esto distintas personas (de diferente identidad étnica, cultura, género, edad, habilidad física, clase social, educación)?
- ¿Hay alguien a quien se le excluye de este texto? ¿Quién? ¿Por qué?
- ¿Reconocen estos conceptos la diversidad humana? ¿Fomentan la paz que depende de la equidad y la justicia?
- ¿Cuáles son las intenciones del autor?

▶ Fase creadora

El texto mueve a la acción al lector o al oyente, quien se cuestiona cómo puede responder mejor a su realidad.

Las siguientes preguntas modelo pueden guiar el diálogo en este punto:

- ¿Qué podríamos hacer en una situación como esta?
- ¿Cómo vamos a proceder de ahora en adelante?
- ¿Qué hemos comprendido de nosotros mismos (de nuestros familiares, amigos, otras personas) que antes no comprendíamos? ¿Cómo voy a actuar en el futuro?
- ¿Qué podemos hacer para ser mejores (más valientes, más seguros, más optimistas, más alegres, más considerados, más compasivos, más generosos, más solidarios)?
- ¿De qué nueva manera podemos hablar o actuar ahora?
- ¿En qué forma podemos mejorar nuestra vida (nuestras condiciones, nuestras relaciones humanas)?

Esta descripción se basa en el proceso que sigue un lector adulto y eficiente. Las preguntas que los maestros sugieran para guiar el diálogo deberán ser precisas, corresponder al poema y presentarse en un lenguaje asequible. El propósito no es llegar a respuestas únicas, sino reconocer la validez de nuestros propios sentimientos, la importancia de nuestra experiencia y motivar a la reflexión sobre nuestro papel de protagonistas de nuestras vidas.

···▶ Análisis literario ■

Uno de los propósitos fundamentales de presentar la poesía en la clase es motivar a los estudiantes a que la aprecien, a que se acostumbren a leer poemas por su cuenta, a que los memoricen y los conserven y a que se animen a escribirlos.

Hay que crear, por lo tanto, un equilibrio entre la poesía que se les ofrece a los estudiantes como un regalo, sin convertirla en materia de estudio, y el análisis que podamos hacer de algunos poemas y las actividades que construyamos con ellos como base. El análisis literario estará supeditado a la edad y madurez de los estudiantes.

La información sobre teoría poética y los ejemplos que aparecen en la primera parte de este libro sirven para repasar los distintos aspectos formales que pueden descubrirse en los poemas que se compartan con los estudiantes.

A continuación se desglosan algunos de los elementos que los estudiantes reconocerán con mayor facilidad.

- La rima:
  - consonante o asonante
  - cruzada o abrazada
- La clase de versos por el número de sílabas
- Los recursos estilísticos:
  - imágenes
  - símiles
  - metáforas
  - personificación
  - hipérbole
  - aliteración
  - onomatopeya

Los estudiantes también pueden discutir otros aspectos del poema, como por ejemplo:

- El título
  - ¿Por qué creen que el poeta eligió el título?
  - ¿De qué pensaban que trataba el poema al leer el título? ¿Creen que el título produce la expectativa apropiada?

- El vocabulario
  - ¿Encontraron en el poema alguna palabra nueva? ¿Les sorprendió el uso de alguna palabra?
- Los sentimientos
  - ¿Qué palabra describiría mejor los sentimientos que produce el poema?
- El tema
  - ¿Cuál es el tema o idea principal del poema?
  - ¿Hay algo sobre lo cual el poema nos hace pensar?

▶ Respuesta al poema

Después de dialogar sobre el contenido del poema y reconocer algunos de sus elementos literarios, los estudiantes pueden crear distintos tipos de respuestas.

▶ Respuesta oral

Estas actividades son en general apropiadas para estudiantes de todas las edades. La complejidad de su realización dependerá del grado de madurez del estudiante.

Los estudiantes pueden hablar del poema de distintos modos, como por ejemplo:

- Hacer una invitación a otros compañeros a leer el poema.
- Hablar en primera persona, como si ellos fueran el autor del poema, y explicar por qué lo escribieron y qué respuesta esperan de los lectores.
- Conversar por teléfono, o por Skype, de manera que un estudiante haga el papel del autor y otro el de un amigo que lo llama para felicitarlo por el poema que ha escrito.
- Entrevistar a un estudiante que haga el papel del poeta. Algunas de las preguntas se referirán específicamente al poema, pero otras pueden ser sobre la vida y obra general del poeta.
- Los estudiantes de grados superiores pueden hacer una presentación sobre el valor de la poesía o lo que la poesía significa para ellos en particular.

▶ Respuesta escrita

Estas actividades son en general apropiadas para estudiantes de todas las edades. La complejidad de su realización dependerá del grado de madurez del estudiante.

Los estudiantes pueden responder por escrito en forma similar a como lo han hecho oralmente. También pueden:

- Escribir un email a un amigo diciéndole que acaban de leer este poema y explicándole algo sobre el contenido del poema y las emociones que les ha causado.

- Escribir una carta al autor del poema expresando por qué les ha agradado y haciéndole alguna pregunta relevante sobre el poema.
- Preparar las preguntas para una entrevista al poeta.
- Los estudiantes de grados superiores pueden escribir un ensayo sobre el valor de la poesía, la importancia de la poesía para ellos o algo nuevo que hayan descubierto al leer o escribir poesía. El ensayo puede ser también sobre un tema específico y cómo se trata en varios poemas.

Respuesta musical

Los poemas tienen su propia música. Pero, además de disfrutar la musicalidad de las palabras de un poema, también es posible disfrutar de poemas a los que se les ha puesto música y convertido en canción.

- Después de escuchar una grabación de un poema que se ha convertido en canción, los estudiantes lo memorizan y lo cantan acompañados (o no) de la grabación.
- Los estudiantes recitan o leen poemas con música clásica de fondo.
- Los estudiantes determinan si hay una música conocida que pudiera adaptarse a un poema y lo cantan con esa música.

Respuesta dramática

Algunos poemas se prestan para ser dramatizados, como se verá en varias actividades que proponemos en la sección de "Ejemplos prácticos".

Como se explicó en la sección "Relación entre el teatro y la poesía", también es importante recordar que hay teatro que se escribe en verso y que leerlo o representarlo en la clase puede ser muy valioso.

Respuesta visual

Un poema puede inspirar numerosas respuestas visuales. Los estudiantes de los distintos grados pueden llevarlas a cabo según su madurez. A continuación se presentan algunas de las respuestas visuales más comunes.

Ilustraciones

Los estudiantes pueden crear una imagen plástica con distintos medios —crayolas, lápices de color, acuarela, óleo, *collage*— para representar su interpretación del poema.

▶ Murales

Los murales son una expresión cultural hispánica importante y una forma magnífica de representar la interpretación de un poema. Esta es una respuesta visual apta para todas las edades.

En un mural lineal el contenido de las estrofas del poema se representa en forma consecutiva. En un mural acumulativo los distintos elementos del poema se unen, usualmente alrededor de una imagen central que corresponde a la idea principal del poema.

▶ Carteles

Los carteles le dan gran impacto visual a la palabra por medio de ilustraciones efectivas. Los estudiantes pueden decidir si quieren ilustrar todo el contenido de un poema breve o si prefieren representar versos selectos de un poema más largo. También pueden limitarse al título y autor del poema, quizás acompañado de un verso o de una imagen verbal del poema.

Para la ilustración de los carteles pueden usarse distintos medios, como el dibujo, el *collage*, el grabado o técnicas mixtas. Y, por supuesto, una vez creado el cartel pueden publicarlo en Internet, en sitios como Pinterest y otros similares.

▶ Relación con el hogar

Los poemas estudiados en la clase son una magnífica oportunidad para establecer una relación con el hogar o para sugerir actividades que redunden en una mayor interacción entre los estudiantes y sus familiares. La Parte III de este libro, "Relación con el hogar", abunda en este tema.

▶ Actividades culminantes

Leer poesía puede ser una fuente de inspiración para escribirla. En la sección "Seamos poetas" hay sugerencias de distintos procesos que pueden ayudar a los estudiantes a crear poesía.

Una vez que la poesía es ya parte de la clase, hay numerosas actividades que pueden realizarse para trascender los límites del aula. Este tipo de actividades son de gran valor porque ayudan a desarrollar distintas habilidades, enseñan cómo obtener autorización para realizar actividades fuera del aula y fomentan el trabajo en equipo.

Embajadores de la poesía

Los estudiantes pueden convertirse en embajadores de la poesía en la escuela. Para ello:

- Conversarán sobre las actividades que puedan llevar a cabo y harán un plan de acción y una proyección del horario para realizarlas.
- Solicitarán los permisos necesarios; tarea que, en lo posible, realizarán ellos mismos, o en la que colaborarán.

A continuación se desglosan algunas de las tareas que los estudiantes pueden realizar como embajadores de la poesía.

- Colocar carteles sobre la poesía, sobre poemas específicos o sobre poetas en distintos lugares de la escuela.
- Ofrecer a otras clases la visita de algunos estudiantes que recitarán o leerán poemas y hablarán sobre ellos.
- Planear una celebración de la poesía en toda la escuela. Durante la celebración pueden recitar o cantar poemas, leerlos a coro y hablar sobre algún aspecto de la poesía o de los poetas.
- Crear una antología de los poemas favoritos de los estudiantes de la clase, o de los estudiantes de la escuela, para regalársela a la biblioteca de la escuela y a las bibliotecas de aula.
- Crear una antología de poemas escritos e ilustrados por los estudiantes. La publicación de esta antología puede convertirse en un proyecto, por ejemplo, para la Asociación de Padres o PTA que puede utilizarlo como un medio de conseguir fondos para la escuela.

 Estudio de un autor

La clase puede hacer estudios de autor. Para ello se puede dividir la clase en grupos y cada grupo se encargará de estudiar un autor.

Puede sugerirles los siguientes puntos de investigación sobre el autor elegido:

- Aspectos biográficos e históricos
- Obras más destacadas
- Temas tratados en la obra
- Características de la poesía

Los estudiantes deben organizar la información para hacer una presentación a la clase. A los estudiantes de niveles superiores les puede pedir una bibliografía de las fuentes que utilizaron en su investigación.

Por último, cada grupo comparte con el resto de la clase la información. Esta actividad puede servir de base para una discusión de toda la clase en la que se compare y contraste la obra de los autores estudiados. Algunos de los puntos que se prestan para una comparación son: la temática, el estilo poético, el uso de recursos estilísticos y la estructura de los poemas.

En los niveles más avanzados se puede llegar más lejos en la comparación y contraste. Se elige un tema y se busca un poema de cada autor que trate el mismo tema. Al estudiar los poemas y compartirlos con la clase, se podrá comparar y contrastar la visión poética de cada autor. A continuación se presenta una lista de autores y de poemas que tratan el mismo tema para realizar esta actividad de comparación y contraste en los grados superiores.

Tema: los sueños

Autor/a	Poema	Libro
Alma Flor Ada y F. Isabel Campoy	"Me llamo Santiago"	*¡Sí! Somos latinos* (pp. 38–40)
César Arístides	"La araña teje un sueño"	*Mañanas de escuela* (pp. 80–81)
Elsa Bornemann	"¡Qué sueño!"	*Tinke-Tinke* (pp. 87–88)
F. Isabel Campoy	"Yo soñé un día"	*Poesía eres tú* (p. 118)
Antonio Machado	"LIX" – Anoche cuando dormía soñé...	*Antología poética* (pp. 29–30)

Ejemplos prácticos

A continuación se ofrecen cuatro ejemplos de cómo tratar un poema en clase. Se han separado según los grados escolares. Sin embargo, pudiera ser útil leer todos los ejemplos, puesto que se pretende que estas actividades puedan modificarse para adaptarse a otros poemas y niveles.

Los siguientes ejemplos se han desarrollado de forma muy completa. No pretendemos, sin embargo, sugerir que con cada poema puedan realizarse todas las actividades propuestas. Sencillamente se ofrecen como modelos de los cuales pueden extraerse ideas apropiadas a los poemas con los que se desee trabajar. Algunas veces se llevarán a cabo ciertas actividades y en otras ocasiones resultarán más adecuadas otras actividades.

AMIGOS

de *Libros para contar*, CD, ALMA FLOR ADA

En aquel pueblo
todos vivían
muy separados,
no se conocían.

Había una calle
de los cuadrados,
casas cuadradas,
patios cuadrados.
     Cuadrados grandes,
     chicos, medianos,
     nunca con otros
     se habían juntado.
—No jueguen con los rectángulos
—advertían los cuadrados—.
Sus lados no son iguales,
aunque tengan cuatro lados.

Había una calle
de los rectángulos,
patios y casas
rectangulares.
     Rectángulos grandes,
     chicos, medianos,
     nunca con otros
     se habían juntado.
—No jueguen con los triángulos
—advertían los rectángulos—.
Esas figuras tan raras
que solo tienen tres ángulos.

Había una calle
de los triángulos,
patios y casas
triangulares.
　　Triángulos grandes,
　　chicos, medianos,
　　nunca con otros
　　se habían juntado.
—No jueguen con los círculos
—advertían los triángulos—.
Esas figuras redondas...
que no tienen ningún ángulo.

Así la vida seguía
en aquel pueblo ordenado,
donde no se conocían...
Todos vivían separados.

—Me aburro —dijo un rectángulo—.
No tengo con quien estar.
Todos ven televisión.
Ya nadie quiere jugar.

Dijeron los circulitos:
—Vente, vente con nosotros.
Nos estamos divirtiendo...
Y encontraremos a otros.

Dos círculos y un rectángulo
hacen un lindo vagón.
Y por las calles y plazas
se divierten un montón.

Encontraron un cuadrado,
lo invitaron a jugar.
El cuadradito, contento,
se les une sin tardar.

Dos círculos, un rectángulo
y un cuadradito contento
forman la locomotora
y andan correteando ahora.

Encontraron un triángulo,
lo invitaron a jugar.
El triangulito contento
se les une sin tardar.

Dos círculos, un rectángulo,
un cuadradito contento.
Y como vela un triángulo
forman: un barco de vela.

Un cohete, un avión,
la loca locomotora...
No hay figura que no formen.
¡Qué tremenda diversión!

Y así la vida cambió
en aquel pueblo ordenado.
Al conocerse y quererse...
¡Ya no vivían separados!

 ## Presentar el poema

Explique a los estudiantes que el poema que les va a presentar narra la historia de un pueblo muy distinto porque sus habitantes son cuadrados, triángulos, rectángulos y círculos. Asegúrese de que los estudiantes conocen estas figuras geométricas. Puede ser una buena idea mostrárselas e indicarles, en la figura que esté mostrando, lo que es un ángulo. Luego pueden conversar sobre el número de ángulos en los triángulos, cuadrados y rectángulos. Hágales ver que aunque tanto los cuadrados como los rectángulos tienen cuatro lados, los lados del cuadrado son iguales. En cambio, en el rectángulo, dos lados son mayores que los otros dos. Por último hágales reconocer que los círculos no tienen ángulos.

Dependiendo de la edad y grado de madurez de los estudiantes, usted puede decidir cuánto de la historia quiere anticiparles. Puede decirles que el poema cuenta que en un pueblo muy ordenado todas las figuras vivían separadas hasta que un día algo sucede que cambiará el modo de pensar de las figuras. Y ahora ellos podrán saber lo que ocurrió.

Mostrar cómo leer

Lea el cuento en verso con naturalidad y sencillez, pero asegurándose de hacer los necesarios cambios de voz. La voz que describe el pueblo al principio es neutral; pero será entusiasta al describir la alegría de las figuras pequeñas cuando se reúnen para jugar. Las voces de las figuras adultas serán firmes y autoritarias.

Escuchar una grabación

Este cuento ha sido reescrito en verso para que pudiera convertirse en canción. Los estudiantes disfrutarán escuchando la grabación en la voz de Suni Paz. Después de escucharla pueden conversar y comparar las dos lecturas.

- ¿Es más fácil comprender una lectura regular o una canción?
- ¿Disfrutaron más la canción porque ya conocían la letra?
- ¿Qué les gustó de la canción?

Lectura compartida

Los estudiantes pueden participar en la lectura de distintas maneras, según su edad y nivel de desarrollo. El nivel más sencillo de participación podría ser que cada vez que usted lea *No* ellos muevan el dedo índice, o la cabeza, para decir "No" con un gesto. O pueden aprenderse y decir en el momento adecuado los dos versos que se repiten tres veces en la primera parte del poema: nunca con otros / se habían juntado.

Otra forma de lectura compartida es proyectar los versos mientras escuchan la canción, y así los estudiantes podrán ir siguiendo la letra a medida que la oyen.

 ## Diálogo sobre el poema

Estas preguntas son ejemplos de cómo promover el diálogo. Por supuesto, el mejor diálogo es el que incorpora situaciones reales y experiencias de los estudiantes. Las preguntas son solo sugerencias de cómo iniciar la conversación y no necesitan presentarse individualmente. Su propósito es facilitar la reflexión, aun con los estudiantes más jóvenes.

Fase descriptiva

Preguntas para comprobar la comprensión.

- ¿Cuántos lados tiene un triángulo? ¿Son todos los lados del mismo tamaño?
- ¿Cuántos lados tiene un rectángulo? ¿Son todos los lados del mismo tamaño? ¿Y un cuadrado?
- ¿Tienen lados los círculos?
- ¿Qué les decían las figuras grandes a las pequeñas?

Fase interpretativa

Preguntas para invitar a los estudiantes a compartir sus experiencias personales, sentimientos y emociones. Y a explorar los posibles sentimientos de otros.

- ¿Cómo se sienten cuando otros niños quieren jugar con ustedes? ¿Y cuando no quieren?
- ¿Cómo se sienten cuando otras personas los tratan mal?
- ¿Y cuándo ven que alguien trata mal a otras personas?
- ¿Cómo creen que se sienten los demás si ustedes se niegan a jugar con ellos? ¿Y si ustedes los tratan mal?

Fase crítica

Preguntas para promover la reflexión crítica.

- ¿Tenían razón las figuras grandes cuando le prohibían a los pequeños que jugaran con figuras diferentes?
- ¿Piensan igual todas las personas que viven en la misma calle? ¿Les gustan las mismas diversiones, por ejemplo?
- ¿Pueden conocerse los sentimientos de las personas por su aspecto? ¿Por el idioma que hablan? ¿Por su origen? ¿Qué piensan de todo esto?
- ¿Por qué se divirtieron más las figuras pequeñas cuando jugaron juntas?

Fase creadora

Preguntas para promover actitudes transformadoras.

- ¿Qué podemos hacer cuando hay niños que no quieren jugar con nosotros?

- ¿Qué pueden hacer ustedes si ven a alguien tratando mal a otro? ¿Y si alguien habla mal de otro?
- ¿Hay algún compañero/a con quien nunca han jugado? ¿Pueden invitarlo/a a jugar?

 ## Análisis literario

Rima

Este poema/canción hace amplio uso de la rima, tanto consonante como asonante. De las 20 estrofas, hay 18 con rima. Las dos estrofas sin rima (5 y 8) son variaciones de la estrofa 2 y hacen uso de la aliteración y la reiteración.

Aunque el concepto de rima asonante quizá no sea fácil de reconocer para estudiantes muy jóvenes, hemos querido señalar estas rimas para los maestros que quieran utilizarlas.

Hay rima **consonante** (todos los sonidos iguales desde la última vocal acentuada) en las siguientes estrofas:

1	viv**ían** – conoc**ían**
2	cuadr**ados** - cuadr**ados**
4	cuadr**ados** - l**ados**
7	tri**ángulos** – rect**ángulos** - **ángulos**
12	est**ar** – jug**ar**
13	nos**otros** - **otros**
14	vag**ón** - mont**ón**
15 y 17	jug**ar** – tard**ar**
16	locomot**ora** - ah**ora**
18	rect**ángulo** – tri**ángulo**
19	avi**ón** – diversi**ón**

Hay rima **asonante** (vocales iguales desde la última vocal acentuada) en las siguientes estrofas:

3, 6 y 9	medi**a**n**o**s - junt**a**d**o**
10	tri**á**ngul**o**s – **á**ngul**o** (no llegan a ser consonante, por la presencia de la s final en *triángulos*)
11 y 20	orden**a**d**o** – separ**a**d**o**s

Aliteración

Este poema/canción presenta numerosas aliteraciones en los nombres de las figuras geométricas, pues se repiten el sonido /r/ y las vocales *u*, *o*: c**u**ad**r**ad**o**s, **r**ectáng**u**l**o**s, t**r**iáng**u**l**o**s, cí**r**c**u**l**o**s. Por las mismas razones, los adjetivos derivados de los nombres de las figuras también tienen aliteraciones.

Otro ejemplos de aliteración, con la repetición del sonido /l/, lo encontramos en la siguiente frase de la estrofa 19: **l**a **l**oca **l**ocomotora.

Reiteración

En "Amigos" hay amplio uso de las reiteraciones (repeticiones de una frase o versos) con lo que se consigue dar sentido de continuidad a algo que había venido sucediendo por largo tiempo. Por ejemplo:

> chicos, medianos
> nunca con otros
> se habían juntado (se repite tres veces)
>
> No jueguen con los (se repite tres veces)
>
> No se conocían (se repite dos veces)

Respuesta al poema

Respuesta oral

Los estudiantes pueden hablar sobre estos temas.

- ¿Les hubiera gustado vivir en el pueblo del poema? ¿Por qué?
- ¿Qué cosas buenas les enseñan sus padres o familiares?
- ¿Qué otro cuento se saben? ¿Tiene un final feliz ese cuento? ¿Por qué nos gustan los finales felices?

También pueden:

- Volver a contar el cuento.
- Describir el pueblo ordenado.
- Hablar como si ellos fueran uno de los personajes. Por ejemplo: el circulito que decidió ir al pueblo, el rectangulito aburrido, el cuadradito o el triangulito que se les unió.

Como parte de la respuesta oral, se puede potenciar una discusión en clase para comparar y contrastar el poema "Amigos" con otros poemas que traten sobre la amistad de niños de distintos orígenes y culturas.

Respuesta escrita

Según la edad y el grado de madurez, los estudiantes pueden:

- Volver a contar el cuento en tres momentos: 1. cómo era la vida en el pueblo; 2. qué hicieron las figuras pequeñas para cambiarlo; 3. cómo era después.
- Hacer una página para un libro de la clase titulado _Somos amigos_ en la que se muestren jugando con uno o varios amigos y diciendo lo que hacen.

Respuesta visual

Los estudiantes pueden:

- Volver a contar el cuento visualmente con sus propias imágenes.
- Dibujarse con un amigo haciendo algo que les gusta.
- Crear un mural en el cual cada alumno se dibuje jugando con otros.

Respuesta musical

Aprovechando que esta narración en verso tiene música, pueden cantarla.

Si desea presentarlos en una actividad para los padres o para otras clases de la escuela, los estudiantes pueden sostener cartulinas de distintos colores con distintas formas geométricas. En las partes de la canción en que se nombra la figura que sostienen, los niños la alzan.

Respuesta dramática

Es fácil convertir "Amigos" en una pequeña dramatización. Hemos visto numerosas versiones creadas por maestros entusiastas en varios estados del país. Pueden seguirse estas sugerencias para hacer una dramatización de seis escenas en dos actos sencillos.

Los estudiantes pueden actuar siguiendo la grabación de la canción o la voz de un narrador adulto o de un alumno de grados superiores. Pueden llevar un cartel colgado del cuello que muestre qué figura representan o sostener en las manos una cartulina con la forma de la figura.

Primer acto

ESCENA I

Mientras se oye la grabación o la lectura de las tres primeras estrofas, van apareciendo los cuadrados de varios colores y tamaños. Los mayores se agrupan a un lado, los pequeños a otro.

Si se está siguiendo la grabación cantada, los cuadrados mayores se limitan a hacer gestos a los pequeños, advirtiéndoles que no jueguen con los otros. Si se está siguiendo la lectura de un narrador adulto o de un estudiante de grados superiores, el narrador debe hacer una pausa en la lectura y los cuadrados mayores dicen:

> —No jueguen con los rectángulos.
> Sus lados no son iguales,
> aunque tengan cuatro lados.

Los cuadrados se colocan a un extremo del escenario o salen de él.

La Escena II (estrofas 5, 6, 7) y la Escena III (estrofas 8, 9, 10) repiten la estructura de la escena anterior.

Segundo acto

Todos los niños han salido de la escena, o se han colocado en el fondo o en los extremos.

ESCENA IV

Aparecen, por un extremo de las escena, dos circulitos corriendo y saltando alegremente. En el otro extremo ven a un rectangulito.

La misma opción de limitarse a hacer gestos o de decir el breve diálogo existe para esta escena. Si se opta por el diálogo, el rectangulito dice:

—Me aburro.
No tengo con quien estar.
Todos ven televisión.
Ya nadie quiere jugar.

Y los circulitos comentan a coro:

—Ven, vente con nosotros.
Nos estamos divirtiendo…
Y encontraremos a otros.

La Escena V (estrofas 14, 15, 16, 17) y la Escena VI (estrofas 18,19, 20) se dramatizan siguiendo la canción grabada o la lectura del narrador.

Relación con el hogar

Invite a los padres a compartir con sus hijos algunas de sus experiencias con sus amigos actuales y con sus amigos cuando tenían la edad de sus hijos. Y pídales que conversen sobre el concepto de la amistad.

- Cuando eran niños, ¿cuáles eran sus juegos favoritos? ¿Se peleaban algunas veces con sus amigos? ¿Cómo resolvían sus disputas o diferencias?
- ¿Qué significa para ellos la amistad? ¿Qué valoran en un amigo?
- ¿Pueden las cualidades que valoran en los amigos encontrarse solo en personas de la misma edad, del mismo sexo, de la misma raza, del mismo origen o en las que tienen el mismo idioma?

 Conéctese a **santillanausa.com/spanishpoetry/** para descargar en forma digital actividades adicionales para este nivel, así como organizadores gráficos. Utilice la siguiente información: :

Usuario: spanishpoetryk-1
Contraseña: teacherk-1

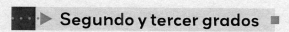

¡QUÉ COSA DIVERTIDA ES PENSAR!

de *Poesía eres tú*, F. ISABEL CAMPOY

La maestra me dice a veces:
—¿Dónde dejaste el lápiz? Piensa, piensa.
Y cuando pienso, allí está.
—Lo dejé en mi cartera —le digo. Y pienso
que pensar es recordar.

Mi mamá me dice a veces:
—Va a ser tu cumpleaños, piensa, piensa,
¿a quién quieres invitar?
Y cuando pienso, allí están.
—A Eduardo, Lupita y Juan —le digo. Y pienso
que pensar es desear.

Mi amiga me dice a veces:
—¿A qué vamos a jugar? Piensa, piensa.
Y cuando pienso, allí está.
—Hoy seremos astronautas —le digo. Y pienso
que pensar es divertido
porque pensar es soñar.

 ## Presentar el poema

Lea el título del poema en voz alta e invite a los estudiantes a compartir con la clase lo que están pensando en este momento. Comente el hecho de que nuestra mente está en constante actividad; es decir, siempre estamos pensando.

Señale la raya (—) que aparece en distintas partes del poema. Explique que en español se usa la raya en los diálogos, antes de la intervención de cada personaje y antes de los comentarios del narrador. Las rayas de este poema indican, por lo tanto, que se trata de un diálogo.

Mostrar cómo leer

Lea el poema en forma natural, sin exageraciones, pero resaltando claramente la diferencia entre los versos descriptivos en primera persona y las palabras que forman el diálogo con la maestra, la mamá y la amiga.

Este poema se presta para distintos modos de lectura compartida. Estas son algunas de las posibilidades.

- Leer de nuevo en voz alta el poema y pedir a los estudiantes que repitan las palabras *Piensa, piensa* al final del segundo verso de cada estrofa. Pueden acompañar la repetición con el gesto de tocarse la frente para sugerir *pensar*.
- Dividir la clase en dos o tres grupos. Un grupo lee las partes descriptivas, otro grupo los diálogos y así sucesivamente hasta terminar el poema.

 ## Diálogo sobre el poema

Fase descriptiva

Asegúrese de que los estudiantes hayan comprendido el poema. Pregunte si hay alguna palabra que no conozcan o que les haya sorprendido. Por ejemplo, es posible que muchos estudiantes no usen la palabra *cartera* en el sentido que la ha usado la poeta. Pregunte: ¿Dónde guardan ustedes sus lápices? ¿En una cartuchera, en un estuche...? Recuérdeles una vez más que el español lo hablan muchos millones de personas en muchos países, y que por eso tenemos a veces distintas palabras para referirnos a una misma cosa. Asegúreles que esto es una riqueza, como tener más de un par de zapatos.

Ayude a los estudiantes a identificar quiénes hablan en el poema. Deben ver que hay un personaje principal, una niña o un niño, que habla en tres momentos distintos con otras tres personas: su maestra, su mamá y su amiga. Luego comente que, aunque los momentos son distintos, hay algo en común en lo que dicen la maestra, la mamá y la amiga. Pregunte: ¿Qué le piden que haga? ¿Qué se repite en el segundo verso de cada estrofa?

Fase interpretativa

Relacione el poema con situaciones parecidas que hayan tenido los estudiantes. Estas preguntas los ayudarán a pensar en esas situaciones.

- ¿Alguna vez se les ha extraviado algo y no lo podían encontrar?
- ¿Han celebrado su cumpleaños alguna vez?
- ¿Se ponen de acuerdo con sus amigos cuando quieren jugar?

Fase crítica

Anime a los estudiantes a pensar en el mensaje principal del poema. Escuche las respuestas de varios estudiantes, aceptándolas y comentando sus aciertos. Oriente el diálogo hasta llevarlo a la idea principal. Comente: Pensar es algo que los seres humanos hacemos continuamente. ¿Se habían preguntado ustedes alguna vez qué es pensar?

Explique que los poetas miran las cosas que hacemos todos los días y reflexionan sobre ellas. Esta reflexión los lleva a encontrar una forma distinta de mirarlas. Invite a los estudiantes a la reflexión personal, diciéndoles algo como: La autora de este poema nos dice que pensar es recordar, desear y soñar. ¿Qué otras cosas pudiéramos decir que es pensar? Ayúdelos a afirmar que pensar es también imaginar, crear, reconocer, comparar y contrastar.

Fase creadora

Anime a los estudiantes a comprender la riqueza de nuestra mente y la capacidad que tenemos de utilizarla en forma positiva. Conversen sobre las cosas que hoy disfrutamos y que hacen la vida más sana y productiva gracias a las ideas, o el pensamiento, de otros. Como ejemplos puede mencionar a las personas que por primera vez cultivaron las hierbas silvestres hasta convertirlas en cereales, los que domesticaron los animales, quienes inventaron la rueda y los inventores y científicos de hoy.

Aliéntelos a pensar en la importancia de reflexionar para que nuestras acciones nos traigan satisfacción y alegría, tanto a nosotros mismos como a quienes nos rodean. Y llévelos a reflexiones concretas sobre cómo pueden usar el pensamiento en su vida diaria.

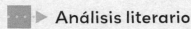

Análisis literario

Estrofas y versos

Explique que, por lo general, los poemas constan de versos que se agrupan en estrofas. Estas preguntas sirven para guiar la discusión sobre la estructura del poema:

- ¿Cuántas estrofas tiene este poema?
- ¿Cuántos versos tiene la primera estrofa? ¿Y la segunda? ¿Y la tercera?
- ¿Tienen todas las estrofas el mismo número de versos?

Rima

Recuérdeles que la rima es la repetición de sonidos al final de los versos. La rima de este poema es bastante libre, pero hay varios ejemplos de rima consonante. Ayude a los estudiantes a encontrar esos casos: record**ar** – invit**ar** – dese**ar** – soñ**ar**.

Anáfora y otras repeticiones

Explique que anáfora es la repetición de una o varias palabras al comienzo de uno o más versos. Anime a los estudiantes a buscar una frase, que consta de tres palabras, que se repite al comienzo de tres versos.

- **que pensar es** recordar
- **que pensar es** desear
- **que pensar es** divertido

Hay otros casos de repetición en este poema. La oración *Y cuando pienso, allí está* se repite, como especie de estribillo, en las tres estrofas. También se repiten las palabras *piensa, piensa*. En este caso se trata de una reduplicación. Sin embargo, en este nivel los estudiantes no tienen que saber el nombre de estos recursos estilísticos, simplemente basta con que identifiquen los casos en el poema donde hay repetición de palabras, frases u oraciones.

Respuesta al poema

Respuesta dramática

Este poema se presta para una pequeña dramatización. La narradora debe estar a un costado del escenario.

PERSONAJES

Narradora
Niña
Maestra
Mamá
Amiga
Coro

ESCENA I

(primera estrofa del poema)

Narradora. (*Ubicada a un costado del escenario.*) —La maestra me dice a veces
Maestra. —¿Dónde dejaste el lápiz? Piensa, piensa.
Narradora. —Y cuando pienso allí está.
Niña. —Lo dejé en mi cartera
Narradora. —le digo. Y pienso que pensar es recordar.
Coro. (*Ubicado al fondo del escenario.*) —Pensar es recordar.

ESCENA II

(segunda estrofa del poema)

Narradora. —Mi mamá me dice a veces
Mamá. —Va a ser tu cumpleaños, piensa, piensa,
¿a quién quieres invitar?
Narradora. —Y cuando pienso, allí están
Niña. —A Eduardo, Lupita y Juan
Narradora. —le digo. Y pienso que pensar es desear.
Coro. —Pensar es desear.

ESCENA III

(tercera estrofa del poema)

NARRADORA. —Mi amiga me dice a veces
AMIGA. —¿A qué vamos a jugar? Piensa, piensa.
NARRADORA. —Y cuando pienso, allí está.
NIÑA. —Hoy seremos astronautas
NARRADORA. —le digo. Y pienso que pensar es soñar.
CORO. —Pensar es soñar.

▶ Respuesta musical

La cantautora Suni Paz ha convertido este poema en canción. Se le encuentra en el CD *El son del sol* (Del Sol Publishing). Si lo desea puede usar la versión cantada en la representación dramática, o puede hacer que los estudiantes se la aprendan para cantarla en la clase o el algún acto escolar.

▶ Respuesta oral

En el poema se nos dice que "pensar es desear" y que "pensar es soñar". Lean en clase —o en grupos— los siguientes poemas y pida a los estudiantes que comparen y contrasten los distintos deseos y sueños que se manifiestan en estos poemas. Esta actividad se puede realizar en forma de discusión que incluya a toda la clase.

> "Si yo fuera…", ALMA FLOR ADA, *Todo es canción*
> "Caprichos", ARAMÍS QUINTERO, de *Letras para armar poemas*
> "Si yo fuera…", MARINA ROMERO, de *Poesía española para niños*

Dependiendo del grado de madurez y del nivel de los estudiantes, pídales que reflexionen un momento sobre sus sueños y deseos. Después invítelos a compartir algunos de estos sueños con la clase. Como se trata de algo muy personal, no fuerce a los estudiantes a compartir. Lo importante es que tengan la oportunidad de reflexionar sobre sus deseos; no es obligatorio que los compartan con la clase.

····▶ Respuesta escrita y visual

Invite a los estudiantes a crear un libro titulado *Como pienso, puedo…* Cada día pueden añadir una nueva página a su libro e ilustrarla.

Según la edad y madurez de los estudiantes, lo que escriban en *Como pienso, puedo…* quizás pueda incluir algunas de las siguientes actividades:

- leer libros interesantes y entenderlos.
- decir algo agradable que haga feliz a otra persona.
- preguntar cuando no comprendo algo.
- descubrir nuevos modos de jugar.
- ayudar a un compañero si lo necesita.
- entender el valor de la amistad.
- disfrutar al compartir mis cosas.
- resolver un problema conversando sobre él.

▶ Relación con el hogar

Las siguientes actividades sirven de vínculo entre lo que los estudiantes han tratado en clase y el hogar, y contribuyen a implicar a la familia en la educación de sus hijos.

- Los estudiantes invitan a su familia a la puesta en escena del poema.
- Los estudiantes comparten el poema con su familia. Pueden, incluso, aprenderse en familia la versión cantada del poema.
- Los estudiantes comparten con su familia su libro *Como pienso, puedo…* y le piden a su familia que aporte ideas y añada páginas al libro.
- Los estudiantes y su familia crean juntos otras estrofas que comiencen con el verso "Mi mamá (papá, hermana, hermano, abuelita, abuelito, etc.) me dice a veces…".

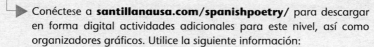

Conéctese a **santillanausa.com/spanishpoetry/** para descargar en forma digital actividades adicionales para este nivel, así como organizadores gráficos. Utilice la siguiente información:

Usuario: spanishpoetry2-3
Contraseña: teacher2-3

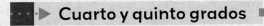
EL REINO DEL REVÉS

de *El Reino del Revés*, María Elena Walsh

Me dijeron que en el Reino del Revés
nada el pájaro y vuela el pez,
que los gatos no hacen miau y dicen yes,
porque estudian mucho inglés.

Vamos a ver cómo es
el Reino del Revés.

Me dijeron que en el Reino del Revés
nadie baila con los pies,
que un ladrón es vigilante y otro es juez,
y que dos y dos son tres.

Vamos a ver cómo es
el Reino del Revés.

Me dijeron que en el Reino del Revés
cabe un oso en una nuez,
que usan barbas y bigotes los bebés,
y que un año dura un mes.

Vamos a ver cómo es
el Reino del Revés.

Me dijeron que en el Reino del Revés
hay un perro pekinés,
que se cae para arriba y una vez...
no pudo bajar después.

Vamos a ver cómo es
el Reino del Revés.

Me dijeron que en el Reino del Revés
un señor llamado Andrés
tiene 1530 chimpancés
que si miras no los ves.

*Vamos a ver cómo es
el Reino del Revés.*

Me dijeron que en el Reino del Revés
una araña y un ciempiés
van montados al palacio del Marqués
en caballos de ajedrez

*Vamos a ver cómo es
el Reino del Revés.*

···▶ Presentar el poema

Lea el título del poema en voz alta y pregunte a la clase cómo se imaginan un "Reino del Revés". Guíe el diálogo con algunas de estas preguntas.

- ¿Son lógicas las cosas en un reino así?
- ¿Hay orden en un lugar así? ¿No será que es un orden distinto al que nosotros conocemos?
- ¿Cómo describirían un lugar así: divertido, aburrido, caótico, etc.?

Comente que la autora, María Elena Walsh, fue una poeta argentina muy conocida, especialmente en literatura infantil. Si los estudiantes han leído otros poemas de Walsh puede recordárselo. Si no, dígales que además de escribir poesía, María Elena Walsh musicalizaba los poemas y ella misma los cantaba.

···▶ Mostrar cómo leer

Lea el poema con la entonación y el énfasis adecuados, pero en forma natural; es decir, sin exageraciones. Ejemplifique la brevedad de la pausa al final del verso y el respeto a los signos de puntuación. Utilice un tono de voz distinto al leer el estribillo: *Vamos a ver cómo es / el Reino del Revés.*

Hay varias posibilidades de lectura compartida.

- Los estudiantes leen todos al mismo tiempo: ya sea porque cada uno tiene una copia del poema o porque se ha proyectado de modo que todos lo puedan ver.
- La clase se divide en seis grupos y cada grupo lee una de las estrofas. La clase al completo puede leer el estribillo.
- La clase se divide en dos grupos que se turnan para leer un verso cada uno.

Diálogo sobre el poema

Fase descriptiva

El objetivo en esta fase es asegurarnos de que los estudiantes hayan comprendido el poema. Estas preguntas pueden guiar el diálogo.

- ¿Cuáles son los personajes del Reino del Revés? ¿Cómo son?
- ¿Qué cosas asombrosas ocurren en el Reino del Revés?
- ¿Qué les hizo más gracia de lo que se describe en el poema? ¿Por qué?
- ¿Cómo es el Reino del Revés? Descríbanlo con una palabra.

Fase interpretativa

En esta fase facilitamos que los estudiantes utilicen sus propias experiencias y reconozcan sus sentimientos.

- ¿Han tenido días en los que todo les sale al revés? Comenten algunas de las situaciones.
- ¿Cómo se sienten si algo no sale como ustedes creen que debería ser? ¿Por qué se sienten así?
- ¿Saben de algo que para ustedes está al revés pero que para otra persona sea lo normal? Por ejemplo, aquí manejamos por el lado derecho de la carretera, pero en Gran Bretaña manejan por el lado izquierdo. Para nosotros, manejar por la izquierda está al revés.
- ¿Qué sentimientos despertó este poema en ustedes?

Fase crítica

La lectura debe llevar a una reflexión crítica. Ayudemos a los estudiantes a reflexionar críticamente. Estas preguntas pueden servir para iniciar un diálogo crítico.

- El Reino del Revés es un lugar muy distinto al nuestro. ¿Creen que hay en el mundo lugares muy diferentes al nuestro?
- Si alguien de otro país nos visita, ¿podría pensar que somos nosotros los que hacemos las cosas al revés? ¿Por qué?
- ¿Cuáles de nuestros comportamientos podrían asombrarle a alguien de otra cultura?

La autora habla de que en el Reino del Revés "un año dura un mes". Comente que el concepto del tiempo varía. Por ejemplo, en las grandes ciudades el ritmo es más rápido que en los pueblos pequeños, y por eso puede dar la sensación de que el tiempo pasa más rápidamente en la ciudad.

También se habla en el poema de unos chimpancés "que si miras no los ves". Explique que a veces podemos tener las cosas delante y no verlas. Comente algunas de las respuestas de la clase a las siguientes preguntas:

- ¿Alguna vez han buscado algo que perdieron y resultó que lo tenían delante? Cuenten qué pasó.
- ¿Creen que las cosas obvias pueden ser a veces difíciles de ver o de entender?

Fase creadora

La reflexión debe ayudarnos a desarrollar nuestras habilidades y los valores universales. Anime a la acción mediante algunas de las siguientes preguntas:

- ¿Qué podemos hacer para comprender mejor a las personas que son de otros "reinos"; es decir, de otros lugares o culturas?
- ¿Qué hemos aprendido de nuestra manera de ver el mundo?
- ¿Qué podríamos responderle a alguien que nos dice: "Eso no es así. Estás haciendo las cosas al revés"?

Análisis literario

Rima

Invite a un voluntario a leer la primera estrofa en voz alta. Luego pregunte: ¿Cuál es la rima? (-es) ¿Es rima consonante o asonante? (consonante). Lean una o dos estrofas más hasta que los estudiantes descubran que todo el poema sigue la misma rima; es decir, es un poema monorrimo.

Estribillo

El estribillo es un conjunto de versos que se repiten después de cada estrofa. Se da en la poesía y en las canciones. Lleve a los estudiantes a entender los objetivos del estribillo: transmitir la idea principal, facilitar la memorización, servir de enlace entre las estrofas.

Aliteración

Recuérdeles a los estudiantes que la repetición de uno o varios sonidos, sobre todo consonánticos, en un verso se llama aliteración. Los poetas usan este recurso para añadirle musicalidad a su poesía. Presente este ejemplo de aliteración: *y que dos y dos son tres*. Invite a los estudiantes a leer en voz alta este verso hasta descubrir que la aliteración se crea con la repetición del sonido /s/.

Pídales que busquen otro ejemplo de aliteración. Si no lo encuentran, dígales que se centren en la tercera estrofa. Deben ver que la repetición del sonido /b/ en el verso *que usan barbas y bigotes los bebés* constituye aliteración.

Hipérbole y personificación

La hipérbole es una exageración o disminución extrema. Por ejemplo: "cabe un oso en una nuez", o "un señor llamado Andrés / tiene 1530 chimpancés".

En este nivel los estudiantes seguramente están familiarizados con la personificación: dar atributos humanos a las cosas inanimadas o a los animales. Invítelos a buscar ejemplos de personificación en el poema y explicar por qué creen que es personificación.

> que los gatos no hacen miau y dicen yes,
> porque estudian mucho inglés.

> una araña y un ciempiés
> van montados al palacio del Marqués
> en caballos de ajedrez.

Paradoja

Recuérdeles a los estudiantes que una paradoja es una expresión aparentemente absurda o contradictoria, pero que al analizarla se ve que tiene sentido. Mediante la paradoja el poeta invita al lector a la reflexión. Analicen la siguiente paradoja que aparece en la quinta estrofa: *que si miras no los ves*. Pregunte: ¿Qué reflexión podemos hacer? ¿Será que a veces nos cuesta ver las cosas más claras u obvias?

Respuesta al poema

Respuesta oral

El tema del poema se presta para que los estudiantes puedan hacer distintos tipos de presentaciones orales.

- Hacer una invitación a otros estudiantes de la escuela a leer el poema, indicando por qué lo recomiendan. Pueden hacer la invitación a través del sistema de mensajes orales de la escuela o pedir permiso a otros maestros para hacer la invitación en sus clases.
- Hablar en primera persona, como si ellos fueran la autora del poema, y explicar por qué lo escribieron y qué respuesta esperan de los lectores. Esto lo pueden hacer entre dos estudiantes, en el que uno hace el papel de la poeta y el otro el de entrevistador. Algunas de las preguntas se referirán específicamente al poema, pero otras pueden ser sobre la vida y obra de la poeta.
- Hacer un breve discurso acerca de la importancia de aceptar la diversidad de costumbres, culturas y formas de hacer las cosas que existe en el mundo.

Como parte de la respuesta oral al poema, lean en clase —o en grupos— los siguientes poemas y pida a los estudiantes que comparen y contrasten los recursos estilísticos que usa cada autor para crear humor, los elementos aparentemente absurdos del poema y el mensaje. Esta actividad se puede realizar en forma de discusión de toda la clase.

"Se mató un tomate", ELSA BORNEMANN, de *Tinke-Tinke*

"Caperucita Roja y el lobo", ROALD DAHL, de *Cuentos en verso para niños perversos*

"Hip-hop del conde Drácula", ANTONIO ORLANDO RODRÍGUEZ, de *El rock de la momia*

"La pequeña Analía García", ANA MARÍA SHUA, de *Las cosas que odio y otras exageraciones*

Como algunos de estos poemas son extensos, también se puede asignar su lectura de tarea y realizar la discusión en clase al día siguiente.

····▶ Respuesta escrita

Las respuestas escritas pueden ser similares a las orales o variar.

- Escribir un email a un amigo diciéndole que acaban de leer este poema y explicándole algo sobre el contenido y las emociones que les ha producido.
- Escribir una carta que le hubieran podido enviar a la autora del poema expresando por qué les ha agradado. También pueden aprovechar la carta para hacerle algunas preguntas sobre el poema y acerca de su intención al escribirlo.
- Preparar las preguntas para una entrevista a la poeta.
- Escribir un informe sobre otra cultura totalmente distinta a la nuestra (por ejemplo, una tribu del Amazonas, un pueblo del Himalaya, etc.). Los estudiantes deben realizar una investigación y consultar varias fuentes para que la información que presenten en su informe sea exacta. También deben incluir una bibliografía donde se citen las fuentes de información.
- Escribir un breve ensayo persuasivo sobre la importancia de aceptar diferentes maneras de ver y de vivir la vida.

Respuesta de escritura creativa

Los estudiantes pueden crear, individualmente o en grupos, el libro *Vivimos en el Reino del Revés*. En cada página pueden escribir una estrofa en la que describan algo absurdo o "al revés" de su vida. También pueden añadirle un estribillo. Por ejemplo:

> Corro por llegar a tiempo,
> aunque eso me retrase
> y siempre llegue a destiempo
> y las horas se me pasen.
>
> *Por eso, en mi vida*
> *todo está patas arriba.*

Otra opción es dividir la clase en grupos e ir armando el poema entre todos los grupos. Por ejemplo, el Grupo 1 crea un verso y lo lee en voz alta. El Grupo 2 crea el segundo verso como continuación al primero y lo lee. El Grupo 3 crea el tercer verso que se añadirá al poema y así sucesivamente. Puede nombrar un voluntario que vaya escribiendo los versos en en la pizarra, en un cartel, en la computadora o hacerlo usted mismo. Cuando ya el poema tenga una extensión adecuada, puede detener la actividad y analizar entre todos lo que han creado.

- ¿Cómo es este Reino del Revés en el que vivimos?
- ¿Hay alguna paradoja? ¿Cuál?
- ¿Está realmente al revés o es solo una percepción nuestra? ¿Por qué?

▶ Respuesta dramática

En esta dramatización el coro lo componen todos los estudiantes. Para hacer la interpretación más divertida y compleja, pueden usar utilería (atrezo). Anime a los estudiantes a pensar cómo pueden adaptar el salón de clase para esta obra. Comente que los cambios que indiquen que el reino está "al revés" pueden ser sutiles como, por ejemplo, abrigos que cuelgan bocabajo, libros abiertos al revés, alguien que escribe con el borrador del lápiz en lugar de hacerlo con la punta, sillas de espalda al pizarrón, etc. Los estudiantes pueden hacer gestos representativos de su personaje o hacerse una máscara de su personaje con cartulina y usarla al salir al escenario.

ESCENA I

ESTUDIANTE 1. (*Sale con un cartel que dice "Reino del Revés" y atraviesa el escenario despacio mientras habla.*) —Vamos a ver cómo es el Reino del Revés.
(*Siguen dos estudiantes.*)

ESTUDIANTE 2. —Me dijeron que en el Reino del Revés nada el pájaro y vuela el pez,

ESTUDIANTE 3. —que los gatos no hacen miau y dicen yes, porque estudian mucho inglés.

CORO. —Vamos a ver cómo es el Reino del Revés.

ESCENA II

ESTUDIANTE 4. —Me dijeron que en el Reino del Revés nadie baila con los pies,

ESTUDIANTE 5. —que un ladrón es vigilante y otro juez,
y que dos y dos son tres.

CORO. —Vamos a ver cómo es el Reino del Revés.

De esta manera se puede seguir interpretando el resto del poema.

Respuesta visual

Las posibilidades de crear respuestas visuales al poema son muchas.

Ilustraciones

- Cada estudiante puede crear su visión del poema al ilustrarlo. Para ello puede utilizar dibujos o hacer un *collage* con recortes de revistas o fotos.
- Cada estudiante puede crear una ilustración de lo que para él o para ella sería un "reino del revés".
- En grupo, los estudiantes pueden crear libros ilustrados donde en cada página aparezca una estrofa y la ilustración de esa estrofa.

Carteles

Este poema se presta para crear carteles divertidos que hagan aflorar la creatividad e imaginación de los estudiantes. Se puede organizar una exhibición en la clase para exponer los carteles e invitar a otras clases o, incluso, a las familias.

Respuesta musical

La propia poeta musicalizó este poema. En YouTube hay versiones interpretadas por María Elena Walsh. Como proyecto de la clase, pueden aprenderse la canción e interpretarla.

Relación con el hogar

Las siguientes actividades sirven de vínculo entre lo que los estudiantes han tratado en clase y el hogar, y contribuyen a implicar a la familia en la educación de sus hijos.

- Los estudiantes comparten el poema con su familia. Si lo han memorizado, pueden recitarlo.

- Las familias participan como invitadas en algunas de las actividades que hayan organizado los estudiantes en clase, como la dramatización del poema, la exhibición de carteles o la interpretación del poema hecho canción.

- Los estudiantes comparten con su familia su libro *Vivimos en el Reino del Revés* y le piden a su familia que aporte ideas para añadir páginas al libro.

- Como parte de la respuesta escrita, los estudiantes pueden enviarle un email a algún miembro de su familia recomendándole el poema. Una vez que el familiar haya leído el poema, el estudiante y el familiar intercambian mensajes con sus comentarios y opiniones sobre el poema.

- Los estudiantes le piden ayuda a su familia para preparar objetos de utilería (atrezo) para la puesta en escena del poema.

Conéctese a **santillanausa.com/spanishpoetry/** para descargar en forma digital actividades adicionales para este nivel, así como organizadores gráficos. Utilice la siguiente información:

Usuario: spanishpoetry4-5
Contraseña: teacher4-5

A UN OLMO SECO

de *Antología poética*, ANTONIO MACHADO

Al olmo viejo, hendido por el rayo
y en su mitad podrido,
con las lluvias de abril y el sol de mayo,
algunas hojas verdes le han salido.

¡El olmo centenario en la colina
que lame el Duero! Un musgo amarillento
le mancha la corteza blanquecina
al tronco carcomido y polvoriento.

No será, cual los álamos cantores
que guardan el camino y la ribera,
habitado de pardos ruiseñores.

Ejército de hormigas en hilera
va trepando por él, y en sus entrañas
urden sus telas grises las arañas.

Antes que te derribe, olmo del Duero,
con su hacha el leñador, y el carpintero
te convierta en melena de campana,
lanza de carro o yugo de carreta;
antes que rojo en el hogar, mañana,
ardas de alguna mísera caseta,
al borde de un camino;
antes que te descuaje un torbellino
y tronche el soplo de las sierras blancas;
antes que el río hasta la mar te empuje
por valles y barrancas,
olmo, quiero anotar en mi cartera
la gracia de tu rama verdecida.

Mi corazón espera
también, hacia la luz y hacia la vida,
otro milagro de la primavera.

Presentar el poema

Explique a los estudiantes que el poema "A un olmo seco" es del poeta español Antonio Machado (1875–1939), persona de gran sensibilidad. Si lo desea hábleles de la importancia de Machado como poeta y mencione algunos de sus libros más leídos y estudiados: *Soledades, galerías*, y *otros poemas, Campos de Castilla, Nuevas canciones*. Comente que a consecuencia de la Guerra Civil Española, Machado se exilió en Francia, donde murió apenas un mes después de haber abandonado España.

Como introducción al poema y para ayudar a entenderlo mejor, comparta con los estudiantes el trasfondo. Leonor, la joven esposa del poeta, está muy enferma de tuberculosis cuando Machado compone este poema. Pero el poeta no pierde la esperanza de una curación, y ese es el punto en el que se encuentra cuando escribe el poema. Esta aclaración ayudará a comprender la última estrofa del poema. Ese "otro milagro de la primavera" que espera el poeta es la curación de su esposa. Desgraciadamente, Leonor falleció poco después.

El conocer los motivos que inspiran un poema añaden a nuestra comprensión del poeta. Sin embargo, un gran poema trasciende el motivo histórico o circunstancial que lo inspirara. Aun sin saber nada de la historia de Machado y Leonor, podemos disfrutar de *A un olmo seco*, y traducir ese esperado nuevo milagro de la primavera a nuestros propios sueños, al milagro que es cada primavera o cada nuevo día.

Ése es el gran secreto de la buena literatura. Nace de una realidad específica, la del autor, pero llega a convertirse en la realidad de todos.

 ## Mostrar cómo leer

Lea el poema pausadamente, reproduciendo los sentimientos del poeta, pero en forma natural; es decir, sin exageraciones. Si lo desea puede leer el poema una segunda vez, y pedirles a los estudiantes que lean a coro los versos.

A continuación se ofrecen otras posibilidades de lectura.

- Un estudiante lee todo el poema.
- Un estudiante lee el poema y la clase repite a coro.
- La clase se divide en dos (Grupo A y Grupo B) y se turnan para leer los versos. Es decir, Grupo A lee el primer verso, Grupo B lee el segundo verso, Grupo A lee el tercer verso y así sucesivamente.

- La clase se divide en cinco grupos y cada uno lee una estrofa. La última estrofa la lee toda la clase.
- Los estudiantes trabajan en parejas y se turnan en la lectura de los versos.

▶ Diálogo sobre el poema

Antes de comenzar el diálogo es importante asegurarse de que los estudiantes comprendan todas las palabras del poema. Aclare que el Duero es uno de los principales ríos de España. Explique que el olmo es un árbol del hemisferio norte. Es común en Europa y también en los Estados Unidos. Suele alcanzar gran tamaño y es muy duradero, aunque en las últimas décadas lo ha atacado un hongo y ha diezmado la población de este árbol.

Estas son algunas palabras que quizás les resulten desconocidas a los estudiantes:

- hendido: con aberturas o cortes
- centenario: de cien años de edad
- carcomido: desgastado por la carcoma (un insecto que taladra la madera)
- álamo: árbol grande, frecuente cerca de los ríos y otras fuentes de agua
- ribera: orilla de un río
- entrañas: interior de un cuerpo; en el centro
- urden: tejen
- melena: en este contexto, soporte de madera de donde cuelga la campana
- carro: carruaje de madera para llevar carga
- yugo: pieza de madera que se pone sobre el cuello de dos bueyes para halar una carreta o tirar del arado con el que se labran los campos
- mísera: muy pobre
- tronche: parta o rompa un tronco o árbol de forma violenta
- descuaje: arranque de raíz

Proceda a dialogar con los estudiantes sobre el poema. Puede usar el proceso de la Lectura creadora, teniendo presente que las distintas fases del diálogo no tienen que seguir un orden determinado. A continuación se desglosan algunas de las preguntas que podrían hacerse en cada fase.

▶ Fase descriptiva

- ¿Qué describe el poeta?
- ¿Dónde tiene lugar la acción del poema?

- ¿En qué época del año transcurre la acción del poema?
- ¿Cómo es el olmo que describe el poeta?
- ¿Qué destino le espera al olmo?
- ¿Qué descripciones ha usado el poeta para indicarnos el estado del olmo?
- ¿Por qué ha decidido el poeta dedicarle un poema al olmo?

Fase interpretativa

- ¿Qué sentimientos despertó en ustedes este poema?
- ¿Han sentido alguna vez la necesidad de hablar de una planta, animal o fenómeno de la naturaleza? ¿Qué les impactó como para desear hablar de ello?
- ¿Les resulta familiar lo que el poeta describe o es algo nuevo?

Fase crítica

- El olmo mostraba muchas señales de su edad y su próximo fin. ¿Creen que muchas personas se hubieran detenido a observarlo? ¿Por qué? ¿Qué sentimientos inspiraría a quienes lo vieran? ¿Hubieran reflexionado al ver la rama florecida?
- ¿Cuál de estas palabras describe mejor los sentimientos que provoca el poema: esperanza, desesperanza? ¿Por qué?
- ¿Qué fomenta este poema en el lector?
- ¿Cuáles creen que son las intenciones del autor?
- ¿Qué sentimientos hacia la naturaleza despierta este poema?
- El poeta ha sabido ver en ese olmo viejo una esperanza. Si usamos al olmo viejo para reflexionar sobre las personas ancianas, ¿creen que en nuestra sociedad se valora el conocimiento y la experiencia de los ancianos? ¿en qué basan su opinión?

Fase creadora

- ¿Qué podemos hacer para prestarle más atención a la naturaleza?
- ¿Qué maravillas de la naturaleza encontramos a nuestro alrededor?
- ¿Cómo podemos incrementar nuestra capacidad de atención y percepción a lo que ocurre a nuestro alrededor?
- Si llevamos el mensaje del poeta a nuestra experiencia, ¿qué esperamos de nuestro futuro?

Análisis literario

Este poema es una combinación libre de versos endecasílabos (11 sílabas) y heptasílabos (7 sílabas). La rima es consonante, excepto el verso 24 (*antes que el río hasta la mar te empuje*) que queda suelto; es decir, no rima con ningún otro verso.

Aliteración y anáfora

Aunque la aliteración se suele producir con mayor frecuencia en sonidos consonánticos, también es posible la aliteración vocálica en la poesía en español. En los dos primeros versos del poema se repiten los sonidos /e/, /i/, /o/.

> Al **o**lm**o** v**ie**j**o**, h**e**nd**i**d**o** p**o**r **e**l ra**yo**
> **y** **e**n su m**i**tad p**o**dr**i**d**o**,

A continuación se indican otros ejemplos de aliteración.

- Un **m**usgo a**m**arillento le **m**ancha   /m/
- Ejé**r**cito de ho**r**migas en hile**r**a   /r/
- u**r**den sus telas **g**rises las a**r**añas   /r/
- el **c**arpintero te **c**onvierta en melena de **c**ampana   /k/

La repetición de la palabra *antes* al comienzo de los versos 15, 19, 22 y 24 constituye anáfora.

Metáfora

Las imágenes son abundantes en este poema. Pídales a los estudiantes que busquen las metáforas del poema. Pueden trabajar en grupos y reportar a la clase lo que han encontrado, a la vez que explican por qué consideran que se trata de una metáfora y no de un símil.

Ejemplos de metáforas:

- la colina que lame el Duero
- ejército de hormigas en hilera
- el soplo de las sierras blancas

Personificación

Las personificaciones en este poema son sutiles. La principal personificación es la que se hace del olmo. En la segunda parte del poema el poeta se dirige directamente al olmo: "Antes que *te* derribe, olmo del Duero, con su hacha el leñador...".

En el verso 6 se personifica el río al decir que *lame* una colina. Encontramos otro ejemplo de personificación en el verso 9 al hacer referencia a los álamos *cantores* que *guardan* el camino. Y en el verso 26 el poeta personifica a la rama al hablar de la *gracia* de la rama verdecida.

Respuesta al poema

Respuesta oral

Este poema se presta para distintas actividades orales.

- Hacer una invitación a otros estudiantes de la escuela a leer el poema, indicando por qué lo recomiendan. Pueden hacer la invitación a través del sistema de mensajes orales de la escuela o pedir permiso a otros maestros para hacer la invitación en sus clases.
- Hablar en primera persona, como si ellos fueran el autor del poema, y explicar por qué lo escribieron y qué respuesta esperan de los lectores. Esto lo pueden hacer entre dos estudiantes, en el que uno hace el papel del poeta y el otro el de entrevistador. Algunas de las preguntas se referirán al poema, pero otras pueden ser sobre la vida y obra del poeta.
- Reunirse en pequeños grupos para analizar el poema y realizar un comentario acerca del mismo. En los grupos deben llegar a un acuerdo sobre: el tema del poema, el mensaje que nos transmite el autor, el acierto (o la falta de acierto) de las imágenes que emplea el poeta, el destino del olmo (qué creen que le ocurrirá y por qué) y la actualidad del tema (si es o no pertinente a nuestros días). Los estudiantes presentarán su análisis a la clase y defenderán sus opiniones con ejemplos concretos del poema.
- Hacer un breve discurso acerca de la importancia de leer y estudiar obras poéticas. Los estudiantes deben usar este poema, y otros que conozcan, de ejemplo en su discurso.

Respuesta escrita

A continuación se desglosan algunas respuestas escritas que son adecuadas para este nivel.

- Escribir un email a un amigo diciéndole que acaban de leer este poema y animándolo a que lo lea. Los estudiantes deben hacer uso de técnicas de escritura persuasiva en su email.
- Realizar una investigación sobre Antonio Machado y escribir un informe para presentar a la clase. Deben incluir una bibliografía en la que citen al menos cuatro fuentes de información.
- Preparar las preguntas para una entrevista al poeta. Los estudiantes deben tener en cuenta detalles de la vida del poeta como, por ejemplo, el lugar donde vivía cuando escribió el poema (Castilla, España), la enfermedad de su esposa, etc.
- Resumir el poema en un máximo de cinco líneas.
- Hacer un análisis de la estructura, rima y métrica del poema.
- Responder con un poema en el que se describa una visita que le hace el poeta al olmo dos años después.

Los siguientes poemas tratan también de un árbol. Pida a los estudiantes que los lean y que escriban un análisis en el cual comparen el estilo y el tono de cada poema y las figuras estilísticas que usa cada poeta para describir al árbol.

"Chopos", ÁNGELA FIGUERA AYMERICH, en *Poesía española para jóvenes*

"Pino loco", ELSA BORNEMANN, de *Tinke-Tinke*

"Al chopo", FEDERICO GARCÍA LORCA, en *Poesía española para jóvenes*

Respuesta visual

Los estudiantes podrán crear, individualmente o en grupos, un cuadro, un mural, o una presentación en PowerPoint® para mostrar de forma visual su interpretación del poema. Si es posible, organice una exposición en la clase para exhibir las creaciones de los estudiantes e invitar a otras clases o, incluso, a las familias.

Respuesta dramática

Este poema se presta para una breve dramatización que conste de un solo acto y dos escenas. Para que participe toda la clase en la puesta en escena de la obra, se pueden dividir las tareas según los gustos y las destrezas de los estudiantes. Un grupo de estudiantes se encargará de decorar el escenario y preparar la utilería (atrezo). Otro grupo puede escribir el guión de la obra. Y otro grupo pueden conformarlo los actores.

Las dos escenas pueden dividirse de la siguiente manera:

Escena I

- se dramatizan los versos en los que se describe al olmo (versos 1 a 14).

Escena II

- se dramatizan los distintos destinos que podría tener el árbol (versos 15 a 27).

La obra puede concluir con la clase recitando los tres últimos versos.

ESCENA I

(*Un rayo acaba de dejar malherido a un viejo olmo. El poeta se acerca al árbol.*)

POETA. (*triste*) —Pobre olmo, hendido por el rayo y en tu mitad podrido.

ÁRBOL. (*esperanzado*) —No te aflijas amigo poeta que con las lluvias de abril y el sol de mayo, algunas hojas verdes me han salido.

La Escena I continúa hasta el verso 14.

ESCENA II

LEÑADOR. (*Se acerca decidido con un hacha en la mano.*) —Quisiera derribarte, olmo del Duero, por encargo de mi amigo el carpintero.

CARPINTERO. —Contigo, olmo del Duero, melena de campana, lanza de carro o yugo de carreta quiero hacer.

ÁRBOL. —Prefiero ser de utilidad en manos artesanas que acabar ardiendo en el hogar de alguna mísera caseta al borde de un camino.

TORBELLINO. (*violento*) —Déjame que te descuaje, olmo del Duero.

La Escena II continúa hasta el verso 27.

Relación con el hogar

Las siguientes actividades sirven de vínculo entre lo que los estudiantes han tratado en clase y el hogar, y contribuyen a implicar a la familia en la educación de sus hijos.

- Los estudiantes comparten el poema con su familia. Si lo han memorizado, pueden recitarlo.
- Las familias participan como invitadas en algunas de las actividades que hayan organizado los estudiantes en clase, como la dramatización del poema o la exhibición de cuadros o murales.
- Como parte de la respuesta escrita, los estudiantes pueden enviarle un email a algún miembro de su familia recomendándole el poema. Una vez que el familiar haya leído el poema, el estudiante y el familiar intercambian mensajes con sus comentarios y análisis del poema.
- Los estudiantes le piden ayuda a su familia para preparar objetos de utilería (atrezo) para la puesta en escena del poema.
- Los estudiantes y algunos miembros de su familia pasean juntos por las zonas verdes de su comunidad o van a un parque. Deben llevar un cuaderno para ir anotando sus impresiones sobre algún aspecto de la naturaleza (por ejemplo, una flor o una planta que les llame la atención, algún animal que hayan visto, una puesta del sol particularmente hermosa, etc.). Al volver a su casa, usan sus apuntes para crear un poema.

 Conéctese a santillanausa.com/spanishpoetry/ para descargar en forma digital actividades adicionales para este nivel, así como organizadores gráficos. Utilice la siguiente información:

Usuario: spanishpoetry6-8
Contraseña: teacher6-8

Todos pueden ver la semilla
dentro del fruto;
un buen maestro sabe ver el árbol
dentro de la semilla.

TRADICIONAL

Hemos dicho que cada persona es poesía viva, y también puede ser poeta. Por eso esperamos que todo lector de este libro disfrute al crear su propia poesía y ayudar a otros a crearla.

En la introducción a la antología poética *Todo es canción*, Alma Flor Ada comparte la siguiente reflexión sobre la creación de poesía:

En este libro encontrarás poemas distintos, diversos en su tema y en su forma. Cada uno de ellos representa un momento en que sentí que algo merecía la pena de ser reconocido y cantado. Al crear un poema, busqué que lo que antes era una idea o sentimiento dentro de mí se convirtiera en algo que todos pudiéramos reconocer.

Detrás de cada poema hay una invitación para ti. Sí, tú eres poesía. Son poesía tus pensamientos y tus emociones, lo que piensas y lo que imaginas, lo que sueñas y deseas. Es poesía la mirada con que ves la vida, como si antes no hubiera existido, como si nadie la hubiera estrenado. Y te invito a que algún día conviertas esa poesía que hay dentro de ti en un poema, poniendo tu voz sobre la página.

de *Todo es canción. Antología poética*, ALMA FLOR ADA

▶ Leer poesía para crear poesía

La poesía puede ser una gran amiga. Los poemas pueden hacernos recordar cosas agradables o imaginar otras nuevas, nos ayudan a reconocer nuestros sentimientos gratos, nos invitan a reflexionar. Y, mientras más poemas leamos, más familiar se nos hace el lenguaje poético. Por eso, un buen camino para escribir poesía es leer mucha poesía.

> Mi buena amiga
> la poesía
> me trae sorpresas
> de día en día.
> Me hace reír,
> cantar,
> sentir.
> Si brilla el sol
> florecen los versos
> y cuando llueve
> plin, plin, plin, plin
> crea un poema
> así chiquitín.
>
> "La poesía", ALMA FLOR ADA

Cuando se ha estado en contacto frecuente con la poesía, aun los niños pequeños pueden comprender su profundo sentido como lo demuestran estos poemas escritos por una niña de seis años.

POESÍA 1

Poesía, por aquí
no puedes pasar
porque están peleando los soldados.

POESÍA 2

Pon la hoja en guardia
que voy a empezar el poema.

> ROXANA MARTÍNEZ CARDONA, citado en *Tiempo de rocío*,
> ALGA MARINA ELIZAGARAY

Principios para crear poesía

A continuación se ofrecen una serie de estructuras y procedimientos que pueden servir para apoyar a los estudiantes en el proceso de escribir poesía. Sugerimos que estas técnicas concretas se alternen con oportunidades de escribir libremente.

Algunos maestros consideran apropiado copiar estos principios en un cartel y colocarlo en un lugar visible del aula.

Para escribir poesía:

> Cierra los ojos
> abre la imaginación
>
> "Isla imaginaria", fragmento, Alma Flor Ada

1. Todo tema es válido, si es importante para ti.
2. Evita repetir lo que otros han dicho.
3. Abre tu imaginación. Encuentra tu propio modo de decir lo que quieras.
4. Usa imágenes.
5. Crea símiles o metáforas.
6. Usa palabras concretas para que el lector vea, oiga o imagine lo que quieres compartir.
7. Sé audaz. Atrévete a crear imágenes insólitas.
8. No tienes que usar rima. Si la usas, hazlo con cautela.
9. Lee varias veces lo que has escrito; si es posible, en voz alta.
10. Después de leerlo, revísalo.
11. Disfruta y comparte tu poema.

 ## El papel del maestro

Una pregunta que los maestros hacen con frecuencia es cuánto debe corregirse cuando los estudiantes escriben algo creativo. Lo importante es preguntarse cómo conseguir que lo que el alumno escriba sea lo mejor que puede crear en ese momento, y que llegue a sentirse tan orgulloso de lo que ha escrito que desee perfeccionarlo.

Para conseguirlo hay que leer lo escrito por el alumno para descubrir todo lo que haya de valor en ello: el esfuerzo, la sinceridad, el cuidado, la imaginación... Todo esto debe reconocérsele al alumno y luego animarlo a continuar en el proceso de reelaboración.

Una técnica que suele tener buenos resultados es señalar los aciertos en el texto y luego hacer preguntas. Si decimos: "Me gusta mucho lo que has escrito pero quisiera saber más sobre…" animamos a desarrollar lo escrito o a darle mayor precisión. Si comentamos: "Me parece muy interesante como has descrito… pero no me resulta del todo claro, ¿quieres decir…?" alentamos al alumno a que aclare lo escrito o lo dote de mayor precisión.

Comentar lo que han escrito los compañeros

Es esencial crear un ambiente de confianza y respeto en la clase para que los estudiantes se sientan seguros y cómodos al compartir sus poemas. Enséñeles que en todo poema que un compañero haya escrito hay algo que celebrar. Puede usar algunos de los siguientes comentarios para que los estudiantes se den cuenta de cómo ellos también pueden decir algo positivo de los poemas de sus compañeros.

Inicio o final del poema

- Te felicito por haber completado un poema.
- Qué bueno que te decidiste a iniciar tu poema. Tienes un buen comienzo, ahora te va a ser fácil completarlo.
- Me has dejado muy interesado con el principio de tu poema. Quiero leerlo cuando lo completes.

Tema

- ¡Qué tema tan interesante has elegido! Me parece muy original.
- Me gusta el tema que elegiste. Me es familiar.

Vocabulario

- Has elegido palabras muy precisas, que expresan exactamente lo que quieres decir.
- Has usado palabras que yo no había usado antes. Ahora voy a emplearlas yo también.

Imágenes, símiles o metáforas

- Me gusta como describiste… Es una imagen original.
- Qué bien has empleado la imagen del árbol como amigo. Me recuerda el poema que leímos, pero tú lo has dicho de otro modo.
- Tu símil comparando una bandada de pájaros con una escuadra de aviones miniatura me parece divertida.
- Tu metáfora sobre los papalotes ("pétalos desprendidos de un jardín durante una tempestad") me ha parecido estupenda.

Ideas y los sentimientos expresados

- Tu idea de… me parece muy original.
- Me gustó que hablaras de la pena que causa la ausencia cuando una persona querida se va. Yo me he sentido así desde que mis primos se mudaron a otra ciudad.

Crear a partir de otros poemas

Crear un poema puede ser un gran desafío para algunos estudiantes, especialmente para aquellos que no hayan tenido mucha experiencia con la poesía. A los estudiantes de corta edad también puede resultarles difícil crear un poema de la nada. En estos casos, es de mucha utilidad usar como base un poema para añadirle palabras que rimen, modificarlo o añadirle versos. A continuación se ofrecen ideas de cómo crear poesía a partir de otros poemas.

Completar rimas

Completar rimas es un método sencillo de crear un poema a partir de otro. A continuación se incluyen varios ejemplos de rimas que los estudiantes pueden completar. Es probable que los estudiantes completen la rima de manera distinta a como está en el poema original. Ese cambio, de cosecha propia, es parte del proceso creativo. Al final de la actividad se pueden comparar las distintas rimas que han creado los estudiantes y la rima original que usó el autor del poema.

El siguiente poema describe a un mosquito. El tema es muy cotidiano y los estudiantes podrán seguir el poema sin dificultad.

> Soy un insecto pequeño
> pero a muchos quito el _____. (sueño)
>
> Pego buenos picotazos
> en las piernas y en los _____. (brazos)
>
> Muchos juntos somos nube
> no sabes si baja o _____. (sube)
>
> A veces la sangre chupo,
> si no me gusta la _____. (escupo)
>
> RAFAEL ORDÓÑEZ CUADRADO, de *Animales muy normales*

Este es el comienzo de un poema sobre dos niños, Isabel y Enrique.

> Isabel y Enrique van
> a la casa de la abuela,
> allí se divierten mucho
> cuando salen de la _____. (escuela)
>
> —Vamos, hermanita, vamos
> a jugar con plastilina.
> Y con muchos marcadores
> pintan luego en la _____. (cocina)

Después de mucho pintar
después de mucho correr
bate-bate chocolate,
les dan ganas de _____. (comer)

> Ana María Machado, de ¡Qué confusión!

También podrán completar este poema.

En el prado, el caracol
saca los cuernos al _____. (sol)

Como premio, el girasol
le da un beso al _____. (caracol)

La abejita, presurosa,
saluda a la flor _____ . (graciosa)

¡Qué promesa, la primera
mañana de _____! (primavera)

> "Mañana de primavera", Alma Flor Ada,
> de Todo es canción

···▶ Modificar un poema

Algunos poemas se prestan para modificarlos. En estos casos se conserva la estructura del poema y se reemplaza el contenido por algo propio.

Tortas, torticas,
calentitas
para mamá.
Con mis dos manitas
¡plas, plas, plas, plas!

> "Con mis dos manitas", F. Isabel Campoy, en Letras

El nuevo poema podría ser:

Tortas, torticas,
calentitas,
para papá.
Con mis dos manitas,
¡plas, plas, plas, plas!

O también, si se quiere cambiarlo todavía más:

> Tortas, torticas,
> suavecitas,
> para abuelita
> que es muy bonita.
> Con mis dos manitas,
> ¡plas, plas, plas, plas!

Después puede leer y copiar este otro poema:

> Canta el pájaro en la rama,
> la ola en la playa,
> el agua en la roca,
> el poema en la página.

"Canción", ALMA FLOR ADA, de *Todo es canción*

Los estudiantes podrían modificarlo de la siguiente manera:

> Canta mamá en la sala,
> el pájaro en la ventana,
> el agua en el mar,
> el poema en la página.

Este es otro poema que se presta para modificarlo:

> —Si yo fuera una chicharra,
> tocaría el violín
> ahora mismo
> en esta sala.
>
> —Si yo fuera un grillo cantor,
> después de comer lechuga
> retumbaría
> el tambor.
>
> —Si yo fuera un ágil delfín,
> jugaría con los peces
> del estanque
> del jardín.

"Si yo fuera...", fragmento, MARINA ROMERO,
en *Chuchurumbé*

Los estudiantes pueden cambiar los animales y las acciones. Por ejemplo:

> —Si yo fuera un elefante,
> caminaría
> muy de puntillas,
> tan elegante.

> —Si yo fuera un caballito,
> en tu cama dormiría
> bien arropado
> y muy calladito.

···▶ Ampliar un poema

Algunos poemas se prestan para ampliarlos; es decir, para añadirles versos que continúen y expandan lo que el poema trata.

> Orgullosa de mi familia
> orgullosa de mi lengua
> orgullosa de mi cultura
> orgullosa de mi raza
> orgullosa de ser quién soy.

> "Orgullo", ALMA FLOR ADA, de *Gathering the Sun*

Los estudiantes pueden sustituir "orgullosa" por "orgulloso" si corresponde y, si están trabajando en grupo, por "orgullosos". Luego podrán añadir nuevos versos sobre todo lo que les hace sentirse orgullos. Como Suni Paz convirtió este poema en canción, los estudiantes podrán cantar sus propios versos con la misma música.

Los estudiantes pueden añadir versos a esta estrofa con otras cosas que odien.

> Odio que no me dejen
> tener mascotas.
> No pretendo jirafas
> no pido focas,
> solo quiero un amigo
> con quien jugar,
> peludo y calentito
> para abrazar,
> y no esos tontos peces
> para mirar.

> "Mascotas", fragmento, ANA MARÍA SHUA,
> de *Las cosas que odio y otras exageraciones*

Crear siguiendo un formato

Como se vio en la sección "Tipos de poemas según su forma", algunos poemas siguen un formato específico. Crear un poema siguiendo alguno de esos formatos puede serles de utilidad a los estudiantes que necesitan una estructura para encauzar su proceso creativo. También puede ser una actividad divertida.

Poema diamante

La estructura de diamante puede ayudar a crear poemas con temas ecológicos.

Plantas

verdes, variadas,

crecen, trepan, perfuman

enredaderas, arbustos, esmeraldas, zafiros

brillan, relucen, adornan

verdes, azules,

piedras

Agua

clara, transparente,

corres, saltas, refrescas

acuario, mar, horno, chimenea,

brillas, quemas, incendias,

rojo, ardiente,

fuego

Después de que los estudiantes lean estos breves poemas deben analizar su forma para descubrir el secreto de su estructura. Luego pueden crear los suyos utilizando la siguiente estructura:

1. un sustantivo;
2. dos adjetivos que describan al sustantivo;
3. tres verbos relacionados con el sustantivo;
4. cuatro sustantivos: dos relacionados con la primera línea y dos con la séptima;
5. tres verbos relacionados con la séptima línea;
6. dos adjetivos que describan la séptima línea;
7. un sustantivo contrario o antónimo al de la primera línea.

Acróstico

Aunque los acrósticos usualmente siguen el patrón de iniciar cada verso con una de las letras que forman un nombre, un poeta ingenioso puede modificarlo de modo que las letras no estén necesariamente al principio del verso. Esto es lo que ha hecho Elsa Isabel Bornemann en el siguiente poema del libro *El espejo distraído*.

En la palabra *Zoológico*...
hay un **Z**orrino insolente,
dos **O**sos blancos enanos,
un **L**eón flaco con lentes,
un **O**so calvo, africano,
un **G**orila, impertinente,
una **I**guana, nadadora,
una **C**ebra peleadora
y otro **O**so negro sin dientes.

Debiera estar enjaulada:
¡Es palabra peligrosa!
La gente no nota nada...
la deja suelta... ¡Qué cosa!

"En la palabra zoológico", Elsa Bornemann,
de *El espejo distraído*

El acróstico puede utilizarse con muchos propósitos. Uno que recomendamos especialmente es para reconocer y valorar las cualidades humanas. El objetivo es que los estudiantes escriban acrósticos que reconocen las cualidades de una persona: pueden escribirlos sobre ellos mismos, sus compañeros o sus familiares. También es posible escribirlos sobre personas reconocidas.

Un acróstico a base del abecedario puede contribuir a una valiosa reflexión sobre las cualidades personales a las que todos debemos aspirar, y puede llevarse a cabo con estudiantes de todas las edades. Las palabras elegidas reflejarán el nivel de madurez y desarrollo de los estudiantes. El siguiente acróstico constituye un ejemplo excelente.

Eres...

Absolutamente genial
Bellamente alegre
Completamente agradable
Definitivamente excepcional
Enteramente fascinante
Fantásticamente amigable
Gratamente importante

"Eres", fragmento, Edgar Allan García, de *Palabrujas*

La actividad tendrá mayor éxito si antes se hace una "lluvia de ideas" en la cual los estudiantes indiquen cuáles son las cualidades que ellos valoran. De este modo la actividad contribuirá a ampliar y reforzar el vocabulario. Puede preguntarse: "¿Qué es lo que más admiras en una persona?" A medida que los estudiantes contestan se van escribiendo las palabras debajo de la letra del alfabeto correspondiente.

Crear un banco de adjetivos que indican cualidades positivas tiene un enorme valor para concientizar a los estudiantes acerca de las cualidades personales. La actividad puede durar varios días y extenderse al hogar. Para ello, pida a los estudiantes que pregunten a sus padres qué cualidades valoran. La actividad puede tomar un carácter de competencia, en la cual se proponen ver cuántos adjetivos de cualidades positivas pueden llegar a reunir. Son múltiples las actividades que pueden realizarse con este banco de adjetivos. Además de acrósticos, pueden crearse poemas de abecedario, como el que se muestra en la página 149.

Este tipo de actividades facilita la reflexión sobre el sentido de las palabras. Es importante que los estudiantes sean conscientes de que el significado de las palabras no es absoluto. Por ejemplo, ciertas cualidades pueden ser más o menos positivas según las circunstancias y aplicables en unos casos y no en otros.

Esta es una muestra de un banco de adjetivos.

A

accesible
adaptable
admirable
afable
afectuoso/a
agasajador/a
ágil
agradable
alegre
amable
amigable
amoroso/a
animoso/a
apto/a
armonioso/a
astuto/a
atento/a
atlético/a
auténtico/a

B

bondadoso/a
bueno/a

C

cariñoso/a
colaborador/a
comprensivo/a
consciente
cortés
cuidadoso/a

D

dadivoso/a
decidido/a
digno/a
disciplinado/a

E

ecuánime
eficaz
eficiente
elegante

emprendedor/a
encantador/a
enérgico/a
entusiasta
equilibrado/a
estupendo/a

F

fantástico/a
feliz
fiable
fiel
flexible
franco/a

G

generoso/a
genial
gentil
grácil
gracioso/a

H
hábil
hacendoso/a
honesto/a
honorable
honrado/a
humanitario/a

I
ideal
iluminado/a
imaginativo/a
ingenioso/a
inmutable
inteligente
intrépido/a
invencible
irresistible

J
jovial
jubiloso/a
juicioso/a
justo/a

L
laborioso/a
leal
lindo/a
listo/a

M
maduro/a
mágico/a
maravilloso/a
mediador/a
melodioso/a

misericordioso/a
místico/a
moderado/a
modesto/a

N
natural
noble

O
obediente
ocurrente
optimista
ordenado/a
orgulloso/a de…
original

P
paciente
pacífico/a
participativo/a
perfecto/a
progresista/a
prudente

Q
querido/a

R
radical
rápido/a
razonable
regio/a
respetuoso/a
responsable
resuelto/a

S
sabio/a
sagaz
saludable
seguro/a
selecto/a
sensato/a
sensible
sereno/a
silencioso/a
sincero/a
simpático/a
sistemático/a
sociable
solidario/a

T
talentoso/a
tierno/a
todo… amistad, bondad,
paciencia, comprensión,
dulzura, etc.
tolerante
tranquilo/a

U
único/a

V
valiente
valeroso/a
veraz

Y
Y… amistoso, bondadoso,
responsable, etc.

···▶ Caligrama

Recuérdeles a los estudiantes que los caligramas se escriben formando un dibujo relacionado con el tema del poema. Después de disfrutar de estos ingeniosos caligramas, los estudiantes podrán crear los suyos propios. Anímelos a observar como cada caligrama es original y único.

"El sapo", José Juan Tablada

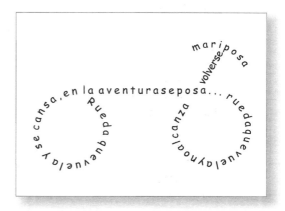

"Bicicleta", Antonio Granados

"La trompeta", Antonio García Teijeiro

"Luna", Antonio Granados

Palíndromo

Comparta estas palabras con los estudiantes: *ata, ama, oso, Ana, solos*. Lleve a los estudiantes a darse cuenta de que estas palabras se leen igual de derecha a izquierda que de izquierda a derecha. Anímelos a formar frases con esas palabras. Por ejemplo: Ana y Oso solos / Solos Oso y Ana.

Analicen los siguientes palíndromos en clase. Al leerlos al revés, en algunos casos será necesario leerlos letra por letra, ya que las letras se agrupan de manera distinta.

A Mercedes ese de crema.

en *Palabrerías: Retahílas, trabalenguas, colmos y otros juegos de palabras*, EUFEMIA HERNÁNDEZ

¡Aten al planeta!
de *Poemas de juguete*, ANTONIO GRANADOS

Hay casos en los que la versión al revés varía un poco.

amo la paloma y a mi loca Colima.
(versión al revés: a mi loca colima y amo la paloma)

de *Poemas de juguete*, ANTONIO GRANADOS

A continuación se ofrece una lista de algunas palabras que son palíndromos. Los estudiantes pueden utilizarlas para crear sus propios palíndromos.

acurruca	ata	reconocer
Ada	aviva	sacas
aérea	ese	sanas
ala	nadan	seres
aléjala	narran	solos
allá	ojo	sometemos
ama	oro	somos
Ana	oso	sosos
asa	radar	sus

⋯⋯▶ Haikú

Estos haikús pueden servir de punto de partida para que los estudiantes escriban los suyos.

Un viejo estanque.
Se zambulle una rana:
ruido del agua.
BASHO

Ah, viento frío,
luego de tantas vueltas,
¡al fin conmigo!
ISSA

Lluvia de primavera.
Bajo el paraguas.
Mirando la tienda.
SHIKI

en *Al viento: antología de haikús*, GERARDO SUZÁN

Sin cesar gotea
miel del colmenar;
cada gota es una abeja...
"Las abejas", JOSÉ JUAN TABLADA

Día de sol:
Hay una mariposa
en cada flor
"Día de sol", JOSÉ JUAN TABLADA

en *Chuchurumbé*, ALMA FLOR ADA y F. ISABEL CAMPOY

¡Qué verde trino!
A canto de pájaros
huele el camino.
"Bosque", ANTONIO GRANADOS

Mañana fría
que el sol va contagiando
de su alegría.
"Domingo", ANTONIO GRANADOS

de *Poemas de Juguete*, ANTONIO GRANADOS

⮞ Tanka

Este es el esquema que pueden seguir los estudiantes de años superiores, después de haber leído los ejemplos de tankas que se presentan en la página 64. Los tres primeros versos presentan una imagen de tiempo o lugar. Los dos últimos ofrecen un cambio.

primer verso:	pentasílabo (5 sílabas)
segundo verso:	heptasílabo (7 sílabas)
tercer verso:	pentasílabo (5 sílabas)
cuarto verso:	heptasílabo (7 sílabas)
quinto verso:	heptasílabo (7 sílabas)

⮞ Limerick

Después de leer varios limericks, como los que aparecen en la página 65 y el que se presenta a continuación, los estudiantes pueden crear los suyos propios.

¡Qué vanidad, señor, la del Cangrejo,
a pesar de ser feo, gordo y viejo!
Camina de costado,
mirando con cuidado
por si llega a pasar junto a un espejo.

de *Zoo loco*, María Elena Walsh

Este es el esquema.

primer verso:	de 8 o 9 sílabas	**a**
segundo verso:	de 8 o 9 sílabas	**a**
tercer verso:	de 5 o 6 sílabas	**b**
cuarto verso:	de 5 o 6 sílabas	**b**
quinto verso:	de 8 o 9 sílabas	**a**

Por lo general, el primer verso de un limerick presenta o define al protagonista. El segundo verso habla de sus características. Los versos tercero y cuarto cuentan algo del protagonista. El quinto verso termina de manera sorprendente.

⮞ Estrofas y versos encadenados

En el poema siguiente los versos se encadenan de diversas maneras. Invite a los estudiantes a producir un esquema que muestre la forma en la que David Chericián crea el encadenamiento.

A la rueda rueda
la rueda rodando
girando se queda
quién sabe hasta cuándo.

Quién sabe hasta cuándo
girando se queda—
la rueda rodando
va por la vereda.

Va por la vereda.
la rueda rodando—
girando se queda
quién sabe hasta cuándo.

Quién sabe hasta cuándo
girando se queda—
la rueda rodando
a la rueda rueda.

"A la rueda rueda", DAVID CHERICIÁN, en *Un elefante en la cuerda floja*

····▶ Dicho

Los dichos reconocen un hecho aceptado y, a diferencia de los refranes, su objetivo no es aconsejar. Suelen ser de la tradición popular, pero también se pueden crear.

En el siguiente ejemplo se describe a la mariposa, que a pesar de sus vistosos colores, no deja de ser un gusano volador.

Adonde quiera que vuele
la mariposa y su traje
de luces y lentejuelas
lleva un gusano de viaje.

de *Dichos de bichos*, ALBERTO BLANCO

Normalmente los dichos son frases más breves que el ejemplo anterior. Pida a los estudiantes que expliquen los siguientes dichos y digan si les parecen acertados.

Cría fama y acuéstate a dormir.

Nadie sabe lo que tiene hasta que lo pierde.

Del dicho al hecho hay un gran trecho.

No por mucho madrugar amanece más temprano.

Después invítelos a que completen los siguientes dichos de diversas maneras. ¿Cuántas variantes han podido crear en cada caso? En paréntesis se incluye la frase que completa el dicho original.

> Dos cabezas piensan... (mejor que una)
>
> El que espera.... (desespera)
>
> El que juega con fuego... (se quema)
>
> Hablando la gente... (se entiende)
>
> No todo lo que brilla... (es oro)

····▶ Retahíla

La siguiente retahíla es un juego infantil en el que los niños se van pasando una llave y repitiendo los versos. Pida a los estudiantes que muestren, mediante un diagrama, la retahíla. Por ejemplo: calle → casa → patio...

> Esta es la llave de Roma, y toma.
> En Roma hay una calle.
> En la calle hay una casa.
> En la casa hay un patio.
> En el patio hay una sala.
> En la sala hay una alcoba.
> En la alcoba hay una dama.
> Junto a la dama, una mesa.
> En la mesa hay una jaula.
> Dentro de la jaula, un loro.
> Saltó el loro.
> Saltó la jaula.
> Saltó la mesa.
> Saltó la dama.
> Saltó la cama.
> Saltó la alcoba.
> Saltó la sala.
> Saltó el patio.
> Saltó la casa.
> Saltó la calle.
> Y aquí tienes a Roma
> con todas sus siete llaves.

"Esta es la llave de Roma", tradicional, de *Poesía española para niños*, ANA PELEGRÍN

Invite a los estudiantes a crear su propia retahíla. Puede ser sobre algo tan cotidiano y sencillo como su rutina mañanera. Por ejemplo:

> Primero me baño
> con jabón y un paño.
> Me visto deprisa
> con una camisa.
> Luego de vestirme
> tengo que peinarme.
> ¡Y a desayunar
> con leche y cereal!

Greguería

Como ya se explicó, las greguerías expresan una imagen sorprendente o un pensamiento sobre algún aspecto de la realidad.

> Lechería de la pradera
> muge plácida granjera.   (Se describe a una vaca.)

> Tintero de mil ventosas
> ocho manos talentosas.   (Se describe a un pulpo.)

> de *Cuáles animales*, JUAN GEDOVIUS

> La O es la I después de comer.

> RAMÓN GÓMEZ DE LA SERNA

Para crear greguerías, invite a los estudiantes a describir objetos del salón, comida, animales, plantas o fenómenos naturales basándose en su apariencia, textura, olor, el ruido que hacen o su sabor.

Elegía

El tema de la elegía puede parecer propio de adultos, pero no hay que olvidar que en nuestras clases puede haber estudiantes que hayan experimentado la muerte de seres queridos. Las estadísticas indican que esto ocurre al menos una vez por año escolar en cada clase.

Nuestros estudiantes merecen la oportunidad de conversar y expresarse sobre este hecho, que es parte esencial de la vida misma.

El siguiente ejemplo es un poema que hemos escrito para ayudar a niños que han sufrido una pérdida.

Mi amiga María
cada vez que hay viento
va al parque cercano
con su papalote
para enviar a las nubes
mensajes de color.

Un muchacho intrépido
ayer por la tarde
desde un alto árbol
muy calladamente
comía una manzana
y se imaginaba
en un barco pirata
cruzando los mares.

"Mi amiga María", ALMA FLOR ADA y F. ISABEL CAMPOY

Crear a partir de imágenes visuales

Las imágenes visuales, que pueden ser reproducciones de obras de arte o fotografías, son un buen punto de partida para que los estudiantes creen sus propios poemas. En los libros *Azul y verde*, *Lienzo y papel*, *Caballete* y *Brocha y pincel*, de la colección Puertas al sol (editorial Santillana), encontrará reproducciones de artistas del mundo hispánico para llevar a cabo esta actividad de creación poética.

Crear a partir de la técnica de Rodari

Los estudiantes, independientemente de su edad o nivel, pueden aplicar la técnica que explica Rodari en su libro *Gramática de la fantasía*, y responder a una pregunta básica en cada verso. Por ejemplo: ¿quién?, ¿cuándo?, ¿dónde?, ¿cómo?, ¿qué hizo?, ¿con quién? Las preguntas pueden variar y, con estudiantes mayores, pueden incluir otras más complejas como: ¿por qué?, ¿para qué?

Esta técnica de responder a preguntas puede ampliarse a otro tipo de preguntas. Por ejemplo: ¿Qué pasaría si el sol desapareciera? ¿Qué pasaría si todos los días fueran días de fiesta? ¿Qué harías si pudieras volar? Las respuestas pueden ser individuales y cada quien responde para crear su poema. También pueden darse en forma colectiva, de manera que cada alumno dé una respuesta y los demás elijan las que prefieran usar en su poema.

Crear a partir de una secuencia

Las secuencias que los estudiantes conocen bien como los números, los días de la semana, los meses del año o el abecedario pueden servir de estructura para crear poemas.

Los números

Los números permiten producir distintas secuencias que pueden servir de apoyo para crear poemas. Este poema se presta para que los estudiantes más jóvenes lo modifiquen, cambiando las acciones de los chivitos y el lugar donde se quedan.

Ocho chivitos, camino del mar,
pasan por las cañas…
(Se quedó un chivito
en el cañaveral).

Siete chivitos, camino del mar,
se comen los mangos…
(Se quedó un chivito
allá en el mangal).

Seis chivitos, camino del mar,
se llevan melones…
(Se quedó un chivito
en el melonar).

Cinco chivitos, camino del mar,
miran los cafetos…
(Se quedó un chivito
en el cafetal).

Cuatro chivitos, camino del mar,
ven las chirimoyas…
(Se quedó un chivito
en el chirimoyal).

Tres chivitos, camino del mar,
saborean guayabas…
(Se quedó un chivito
en el guayabal).

Dos chivitos, camino del mar,
prueban las cerezas…
(Se quedó un chivito
en el cerezal).

¿Y el número ocho?
¡Se comió un bizcocho!

"Ocho chivitos", ALMA FLOR ADA, de *Todo es canción*

A los estudiantes mayores puede darles la idea de que es posible dedicarle un poema a un número.

Dicen que el **cero** no es nada;
otros dicen que es silencio...
el **cero** es tan solo un aro
por donde circula el viento.

Espejo del mar, el cielo;
espejo del ave, el pez;
espejo del **seis** el nueve
y espejo del nueve el **seis**.

de *Rimas y números*, ALBERTO BLANCO

Los días de la semana

En el poema "¿Cuántos días hay en la semana?", el poeta argentino Luis María Pescetti nos presenta una secuencia inesperada de los días de la semana.

¿Cuántos días hay en la semana?
Lunes, martes y marrón
jueves y violetas;
siguen después
queso, pan,
y las ruedas del tren.

[...]

¿Cuántos días hay en la semana?
Ruta, sábado y balcón
lápiz y viernes;
siguen después
queso, pan
y las ruedas del tren.

¿Cuántos días hay en la semana?", fragmento,
LUIS MARÍA PESCETTI, de *Unidos contra Drácula*

Los meses del año o las estaciones

Los meses del año y las estaciones también ofrecen secuencias para crear poemas muy ingeniosos.

Enero primero,
Febrero después.
Nunca están juntitos
mis doce retoños.
Marzo, despacito,
me viste de Otoño.
Abril vuelve a casa
si Marzo se fue;
y Mayo no pasa
(lo verá usted)
hasta que se vaya
su hermanito mes.
Y Junio con botas
me trae a su amigo:
Pelo de Hojas Rotas
—Invierno le digo—. [...]

"Don Año", fragmento, ELSA BORNEMANN, de *Tinke-Tinke*

····▶ El abecedario

El abecedario puede servir de base para poemas colectivos. Después de elegir el tema, se asigna una o varias letras a cada alumno o grupo de estudiantes para que creen un pareado, es decir, dos versos que rimen entre sí. Los versos deben contener una palabra que empiece con la letra asignada.

A

De la colmena sale una **abeja**.
Se posa en las flores de la reja.

B

En el mar nada la **ballena**.
En la arena juega la nena.

C

En el campo brinca el **chivito**.
Es blanco y negro y muy bonito.

D

En su cueva descansa el **dragón**
verde, enorme y muy tragón.

[...]

"Abecerrimas", fragmento, ALMA FLOR ADA

En otro estilo de poema basado en el abecedario, se concatenan los pareados, de modo que todo el poema tenga continuidad. Este ejemplo muestra algunos de los pareados del libro *Abeceloco*.

Gato,
¿qué observas con tu gata amiga?
Los dos miramos comer... a la hormiga.

Hormiga,
¿qué miras desde esa banana?
Miro bajo el sol dormir... a la iguana.

Iguana,
¿qué ves, echadita allí?
Sentado en la sala, veo... al jabalí

de *Abeceloco*, ALMA FLOR ADA

Otra posibilidad para estudiantes mayores es seguir el modelo del "Alfabeto del optimismo" de F. Isabel Campoy. En este poema de verso libre se ha elegido una palabra para cada letra. Luego se añaden tres o cuatro versos. La primera palabra de estos versos también comienza con la letra destacada.

A   **Alegría**
Alégrate que llega el día,
llénalo despacio
de maravillas.
[...]

D   **Dulzura**
Dulzura son tus palabras,
tu risa, tu juego
y tu ternura.
[...]

K   **Kilómetros**
Miles bajo tus pies
para ser descubiertos.
[...]

U   Único
Irrepetido, irrepetible.
Singular.
Especialísimo: TÚ.

"Alfabeto del optimismo", fragmento, F. Isabel Campoy

Un poema personal a base del abecedario puede contribuir a una valiosa reflexión sobre las cualidades personales a las que todos debemos aspirar. Es aconsejable hacer una "lluvia de ideas" en la cual los estudiantes indiquen qué cualidades valoran, como se hizo para el acróstico sobre cualidades personales en la página 136.

Después de leer el poema "Tu abecedario" de Rosalma Zubizarreta, los estudiantes pueden escribir poemas similares. Pueden hacerlo acerca de una persona de su familia o de algún compañero, o sobre sí mismos llamándolo "Mi abecedario".

Te veo
amable, agradable
amante de la bondad
bienandante
capaz y constante
con mucha chispa
decente
ejemplar y eminente
fuerte, fascinante
genial y gentil
de mucha honestidad
interesante e impresionante
¡una joya!
corazón de la justicia
laudable y loable.
Llenas la vida de maravilla
muy naturalmente noble
¡ñeque!
original, optimista,
paciente y perspicaz.
¡Cómo te quiero!
Radiante, razonable, sensible,
siempre en solidaridad.
Tenaz, tenaz, tenaz,
tu presencia es única
y útil.

Eres valiente y vivaz
extraordinariamente
excelente
y
¡ya sé!
un zafiro que brilla
con amor y alegría
brindándonos cariño,
apoyo y paz.

"Tu abecedario", ROSALMA ZUBIZARRETA, de *Ríos de lava*

Las posibilidades que ofrece el abecedario son infinitas. Ana María Pelegrín, especialista en poesía infantil y juvenil, ha compilado numerosas antologías de poesía. En *Letras para armar poemas* eligió el abecedario para organizar los poemas seleccionados, señalando una palabra clave en cada poema que coincide con una de las letras del abecedario.

▶ Las letras individuales

Los poemas en que todos los versos comienzan con la misma letra —también llamados abepoemas— resultan fáciles de construir. Puede invitarse a todos los estudiantes a crear un poema con la misma letra. También se puede dejar que cada estudiante elija la letra que desee emplear. Si se utiliza esta actividad para ampliar y reforzar el vocabulario de los estudiantes, es aconsejable dedicar un momento a pedirles que sugieran palabras con las que pudieran empezar los versos del poema y hacer una lista con ellas.

También se pueden crear poemas sobre letras específicas. Los poemas pueden centrarse en palabras que empiezan con esa letra y la relación de la letra con el orden en el abecedario, como en el siguiente ejemplo.

La **A** es la letra primera.
Dice **a**beja, **a**vispa,
ardilla,
también **a**buela y **a**vión.
Dice **a**zúcar,
agua y **a**ire
y también nos dice **a**diós.
La **A** es la primera letra.
¡Así empieza la lección!

La **B** es la segunda letra.
Con ella dices **b**otón,

bata, **b**ate, **b**ota, **b**ote
y **b**urrito **b**arrigón.
La **B** es la segunda letra.
¡Así sigue la lección!

> "La A" y "La B", ALMA FLOR ADA, de *Abecedario de los animales*

Los estudiantes más jóvenes pueden simplemente nombrar lo que faltaría si una letra desapareciera, como lo hicieron estos niños de primer grado después de leer el libro *Abecedario de los animales*.

Sin la J no hay el mes de junio.
Sin la J no hay jamón.
Sin la J no puede haber jugo.
Sin la J no hay juez.

> JAIRO

También pueden combinar lo que hay o no con la letra elegida.

Sin la A no hay alfabeto.
Con la A hay abril.
Sin la A no hay alas de pájaros.
Con la A hay amor.

> ANGÉLICA

En el siguiente poema se hace uso de la letra *j* y puede servir de inspiración para los estudiantes de grados o niveles más avanzados.

La hoja
de jade
no deja
del gajo
y la hoja
de jade
al dejar
el gajo
no deja
de jugar.

> "La hoja de jade", DAVID CHERICIÁN, en *Letras para armar poemas*

Los signos de puntuación

A partir de la siguiente retahíla tradicional sobre los signos de puntuación los estudiantes podrán crear las suyas propias.

Una paloma,
punto y coma;
salió de su nido,
punto y seguido.
Quería ser cantante,
punto y aparte.
¡Pobre animal!
Punto y final.

"Una paloma", Tradicional

Por ejemplo, podrían crear:

Me voy a Roma,
punto y coma;
con un buen amigo,
punto y seguido.
Voy muy elegante,
punto y aparte.
Pintamos un mural,
punto y final.

Los signos de puntuación también pueden servir de inspiración para ingeniosos poemas que hacen uso de juegos de palabras.

Si mi profesora
me enseña a usar el "punto y coma",
pero en el almuerzo
mi mamá insiste en el "coma y punto",
¿a quién le hago caso
en ese asunto?

Si en la escuela nadie quiere
enseñarme el "punto de caramelo"
mucho más dulce que los aburridos

"punto aparte" y "punto seguido",
¿a quién debo hacer
ese pedido?

> "Preguntas", fragmento, Edgar Allan García,
> de *Palabrujas*

¡Qué señora tan simpática es la Gramática!
Tan rica, tan elegante, tan sencilla.
Sus reglas son siempre tan seguras
como las de su prima Doña Matemática.

Bien cargada de ayudas su mochila
ella feliz se va de visita
a llevar acentos, mayúsculas y comas
a cualquier cuento que los necesita.

Divide las ideas en párrafos,
los párrafos en oraciones.
En cada oración pone un sujeto
y un verbo que cante las canciones.

Nuestra buena amiga la Gramática
es como la música en una canción
aunque la letra nos cuente lo que pasa
la música pone ritmo a tu intención.

> "La señora Gramática", F. Isabel Campoy,
> de *Poesía eres tú*

Crear mediante juegos

Los juegos, además de ser divertidos, estimulan la imaginación y pueden servir de inspiración para la creación poética.

▷ Ensalada de versos

Esta actividad puede realizarse de dos maneras.

MANERA I.

Los estudiantes reciben un número de versos para que elijan los que deseen usar. Se les entregan los versos y se le sugiere a cada estudiante que los ordene a su manera para crear un poema. Lo más usual es que el resultado no tenga demasiado sentido, pero si es simpático y gracioso se habrá conseguido el objetivo.

Este ejemplo se creó con una combinación de versos de cinco poetas y del folklore popular.

Cultivo una rosa blanca.	(José Martí)
¿Quién la sostiene?	(Frida Shultz de Mantovani)
Antón, Antón Pirulero	(Folklore)
paseando en el gallinero.	(Nicolás Guillén)
La ardilla corre	(Amado Nervo)
con delantalitos blancos.	(Federico García Lorca)
Ya nadie duerme.	(Nicolás Guillén)
Dos y dos son cuatro.	(Folklore)

A continuación les presentamos un ramillete de frases con las que preparar un ramo que se convierta en poema. ¡Anime a sus estudiantes a combinar las frases! No es necesario usarlas todas en el poema. Dependiendo del nivel académico y del grado de madurez de los estudiantes, puede seleccionar un grupo determinado de frases que crea más adecuado para que trabajen con ellas. Jugar a crear algo loco resultará muy divertido.

También se incluye la información de los libros de donde se han tomado las frases por si quieren verlas en su contexto original.

Frase	Libro	Autor
A la rurru, rurrú	*Canciones para llamar al sueño*	Antonio Granados
Te lo comes con la mano	*Un buen rato con cada plato*	Rafael Ordoñez Cuadrado
Isabel y Enrique van	*¡Qué confusión!*	Ana María Machado
Y partió esa noche siguiendo la estrella	*El mejor regalo del mundo*	Julia Álvarez
Cuando vamos al parque	*Mi papá es mágico*	Celso Román
Pues yo lo siento mucho, amigos míos	*Cuentos en verso para niños perversos*	Roald Dahl
Cuando yo era muy pequeño	*El mejor es mi papá*	Georgina Lázaro León
A la hora precisa	*Las cosas que odio y otras exageraciones*	Ana María Shua
Con agua y harina	*Tinke-Tinke*	Elsa Bornemann
Éste soy yo	*Éste soy yo*	Margarita Robleda
Paloma, palomita de la puna	*Zoo Loco*	María Elena Walsh
En dónde te encuentras, quisiera saber	*Patito, ¿dónde estás?*	Margarita Robleda
¿Dónde van, dónde van?	*El Reino del Revés*	María Elena Walsh
Necesitaban comer	*El blues de los gatos*	Alberto Blanco
Con una luz encendida	*ABC*	Alberto Blanco
Los ronquidos de mi hermano	*El rock de la momia y otros versos diversos*	Antonio Orlando Rodríguez
¡Me haré puré de tomate!	*Sipo y Nopo: un cuento de luna*	Pelayos
Siempre con gran elegancia	*Festival de calaveras*	Luis San Vicente
Para parientes que viven lejos	*Unidos contra Drácula*	Luis María Pescetti
Camino al colegio saludo a las ramas	*Mañanas de escuela*	César Arístides
En el mesón de la abuela, donde casi siempre cenan	*El viaje del vikingo soñador*	Ana Merino

Frase	Libro	Autor
Voy a pasear por el bosque que el lobo no va a venir	¿Dónde está mi almohada?	Ana María Machado
Se me ha caído una estrella	Sí, poesía	Gloria Sánchez
Por las rutas de los vientos	Versos de pájaros	Mireya Cueto
Quería ir por el mundo	Don Quijote para siempre	Georgina Lázaro León
Asegura que así es como hay que hacerlo	¡Qué asco de bichos! El cocodrilo enorme	Roald Dahl
No te cuento qué alegría tu e-mail me regaló	Amorcitos Sub-14	Elsa Bornemann
Con uniforme de pijama	Caleidoscopio	Mariana Torres Ruiz

Al igual que hemos hecho con las frases, podemos hacer con esta ensalada de palabras. Bien mezcladitas pueden recrear más de un poema para disfrutar.

Para los menores

Sustantivos

botón
camisa
canción
caracol
circo
deseos
escalera
flor
mar
montaña
ojal
paseo
pájaro
rana
recuerdo
río
sueños
tijeras

Adjetivos

cuidadoso
diminuto
generoso
gigante
multicolor
simpático
tímido
valiente

Verbos (en cualquier tiempo verbal)

bailar
buscar
cantar
desear
encontrar
jugar
imaginar
regalar
saber
sospechar

Para los mayores

Sustantivos	*Adjetivos*	*Verbos* (en cualquier tiempo verbal)
decisión	agrio	arriesgar
hogar	amargo	ascender
ilusión	audaz	comprender
océano	brillante	comprobar
permiso	compasivo	conocer
saeta	dulce	decidir
serenidad	fragante	imaginar
tormenta	fresco	soñar
universo	imaginario	
verdad	infinito	
verso	irisado	
viaje	opaco	
	oscuro	
	solidario	
	tenue	
	veraz	

. . . .

MANERA II.

Los estudiantes leen poemas para elegir versos que puedan agrupar para formar su propio poema. Después de leer tres o más poemas distintos, cada alumno elige algunos versos de cada poema para crear el suyo. Como lo que se busca es estimular la creatividad, también pueden añadir sus propios versos.

▶ Adivinanzas

Las adivinanzas son comunes en la tradición oral. Generalmente consisten de una pequeña rima que contiene un acertijo. En algunos casos, la respuesta se esconde detrás de un calambur. Las siguientes adivinanzas pueden servir de inspiración para que los estudiantes creen las suyas. Después las pueden compartir en clase en un juego de "Adivina, adivinador".

> Un señor gordito,
> muy coloradito,
> no toma café,
> solo **toma té**. (el tomate)

> Adivina de una vez
> ¿qué cosa es y **no es**? (la nuez)
>> de *Versos que se cuentan y se cantan*, EMILIO ÁNGEL LOME

Culebrita de vidrio
de ondulante caminar
que su cuerpo deshila
entre los dedos del mar. (el río)

Blanca las costuras,
verde la camisa,
negros los botones,
roja la sonrisa. (la sandía)

de *Lotería de adivinanzas*, Emilio Ángel Lome

Crear según el proceso *Autores en el aula*

Se ha hablado de una amplia variedad de formas de escribir poesía. Como es natural, el resultado final dependerá de la madurez del escritor, su familiaridad con un amplio vocabulario y la libertad con la que se aproxime a su poeta interior.

En esta sección ofrecemos una forma distinta, que tras muchos años de práctica, consideramos eficaz dados los resultados obtenidos. Se trata del proceso que se presenta en nuestro libro *Authors in the Classroom: A Transformative Education Process*. El propósito es que surja la voz de cada individuo, así como abrir las puertas a la reflexión sobre la vida y escribir desde un punto de vista único, auténtico y personal sobre nosotros mismos. *Autores en el aula* trata la creación de distintos tipos de libros, pero en este apartado solo hacemos mención de ejemplos que usan la poesía como vehículo creativo.

Los temas que se proponen en este apartado permiten ahondar en aspectos de nuestra vida y de nuestra historia, para que conociéndonos mejor podamos conocer mejor a otros. Para facilitar este proceso hemos identificado estructuras fáciles que hablen de quiénes somos, de la historia de nuestro nombre, de nuestra propia transformación, de alguien importante en nuestro entorno o acerca de nuestro origen.

Poner en práctica

En este proceso participa toda la comunidad educativa. El maestro lo inicia creando su propio libro, que sirve de motivación para que sus estudiantes creen. El libro del maestro y los libros de los estudiantes se comparten con los padres para así invitarlos también a crear. Para que el proceso sea válido es necesario que los maestros ofrezcan un ejemplo que cumpla, no solo con cuanto llevamos dicho hasta ahora sobre la calidad de la poesía, sino, sobre todo, con la autenticidad de lo que dice sobre su vida, reflejada de forma sincera y con un estilo sencillo y natural.

En nuestro libro *Authors in the Classroom: A Transformative Education Process* se ofrecen indicaciones sobre cómo convertir estos poemas en libros, escribiendo un verso en cada página e ilustrando la página con dibujos o fotos. La cubierta reflejará el nombre del autor e ilustrador. Pueden verse muestras de algunos de los muchos libros creados por maestros, estudiantes y familiares en: www.authorsintheclassroom.com

A continuación, para fomentar la creatividad en los cinco temas que proponemos, ofrecemos ejemplos de distintos niveles.

Afirmación de uno mismo

Libro: *Yo soy*

Este libro ofrece la oportunidad de celebrar quiénes somos. Pensar en las metáforas y los símiles que nos describen, es un buen ejercicio para conocernos mejor.

> **YO SOY**
> F. Isabel Campoy
>
> Yo soy alegre y me gusta jugar.
> Soy como un gorrión abrigado en tu ventana.
> Soy el olor a hierba recién cortada.
> Soy una palmera junto al mar.
>
> Yo soy parte de una familia feliz.
> Soy como un tren de alta velocidad que corre sin parar.
> Soy pan dulce con chocolate en la mañana.
> Soy de la vida, un aprendiz.

En este poema hay dos estrofas de cuatro versos cada una. Veamos lo que se hizo en cada estrofa.

Primera estrofa
Primer verso: Describe su carácter en forma directa.
Segundo verso: Usa un símil para describirse a sí misma
Tercer verso: Usa una metáfora sobre un olor con el que se identifica.
Cuarto verso: Usa una metáfora sobre un árbol con el que se identifica.

Segunda estrofa
Primer verso: Describe a su familia en forma directa.
Segundo verso: Usa un símil para describirse como un objeto.
Tercer verso: Usa una metáfora para describirse como sabores.
Cuarto verso: Concluye con una segunda descripción de su carácter y cierra así el círculo de la descripción de sí misma.

YO SOY
F. Isabel Campoy

Yo soy una niña traviesa.
Soy como un gatito mimoso.
Soy el olor a pastel de canela.
Soy un pino pequeñito y amoroso.
Soy una pieza de Lego en el juego.
Soy el sabor de la fresa en un helado.
Soy para ti, una sorpresa.

En el poema anterior hay una estrofa de siete versos. Veamos lo que se hizo en cada verso.

Primer verso: Describe cómo es su carácter en forma directa.
Segundo verso: Usa un símil para describirse a sí misma como un animalito.
Tercer verso: Usa una metáfora sobre un olor con el que se identifica.
Cuarto verso: Usa una metáfora sobre un árbol con el que se identifica.
Quinto verso: Usa una metáfora para describirse como un objeto.
Sexto verso: Usa una metáfora para identificarse con sabores.
Séptimo verso: Concluye con una segunda descripción de su carácter y cierra así el círculo de la descripción de sí misma.

El siguiente ejemplo fue escrito por una alumna de cuarto grado. Es importante destacar que la maestra, consciente de la importancia del trabajo multidisciplinario, utilizó la escritura del poema "Yo soy" como parte de una unidad de ciencias sobre el mar. A continuación se presenta la traducción del poema, escrito originalmente en inglés.

YO SOY UN PEZ
Rachell Vélez

Yo soy un pez
que viaja por los mares salados.

Soy como un pez dorado
cuya belleza impresiona al mundo.

Soy como una ballena
enamorada de mi hogar cada minuto del día.

Soy como un delfín
juguetón y alegre.

Soy como una estrella de mar
dispuesta a dar la mano, más de una vez.

Este encantador poema demuestra gran autenticidad. Aunque está hecho todo a base de símiles, Rachell nos da una verdadera descripción de sí misma.

Se siente bonita, como un pez dorado. Nos afirma el amor por su familia cuando comenta que ama su hogar cada minuto del día. Se describe como juguetona y alegre. Y luego, con un símil extraordinario, nos habla de su capacidad para la amistad.

Y con todo el poema nos demuestra que, cuando se los invita a hablar con sencillez y autenticidad, los niños pueden revelar su alma poética.

En la clase de Rachell, cada uno de los estudiantes hizo un poema de "Yo soy" utilizando imágenes relacionadas con el mar. Luego la maestra creó con los poemas un libro grande para la biblioteca de la clase. De esta manera los estudiantes tuvieron la experiencia de ser autores.

Reafirmación de la identidad

Libro: *La historia de mi nombre*

Nuestros nombres son una marca de identidad, generalmente la primera con la que se nos conoce. El nombre puede ofrecer muchas claves sobre nosotros. A veces es una marca cultural, es decir, un nombre apreciado en un determinado lugar. Otras veces es un indicativo de la historia familiar o del idioma que hablamos. En otros casos, muy frecuente entre los inmigrantes latinos en los Estados Unidos, es una muestra del deseo de los padres de facilitar la asimilación de los hijos a un nuevo medio. Y, en algunos casos, los nombres pueden tener una historia sorprendente.

Investigar el origen de nuestros nombres es importante para conocer mejor a nuestros padres y saber algo más sobre el momento de nuestro nacimiento. Detrás de cada nombre hay una historia, más o menos compleja, pero siempre interesante. ¿Quién escogió nuestro nombre? ¿Lo eligieron antes o después del nacimiento? ¿Por qué eligieron ese nombre? A esto podemos añadir nuestros propios sentimientos con relación al nombre. ¿Cómo nos sentimos de compartir el nombre con otros? ¿De tener un nombre único? ¿Hubiéramos preferido otro nombre? ¿Usamos nuestro nombre oficial o un apodo o modificación del nombre con el que nos inscribieron? ¿Por qué? ¿Ha cambiado nuestro nombre a lo largo de nuestra vida? ¿Nos llaman distintas personas de distintas maneras?

Todos los nombres tienen una historia y escribir sobre la historia de nuestros nombres puede tomar las formas más variadas y creativas. Veamos un ejemplo a continuación.

LA HISTORIA DE MI NOMBRE
F. Isabel Campoy

Mi nombre es tan largo
como la memoria de los tiempos.
Perteneció a mi abuela, y antes a la suya
y a otra más, hasta llegar al fondo de la tierra.
Mi nombre tiene raíces que sustentan mi identidad.
Tiene el sabor de mi idioma materno.
Tiene el color de mi piel y mi acento.
Pero mi nombre, ¡ay! perdió a mi madre,
no por olvido, ni desgana. Lo perdió
en la aduana
de la inmigración.
Pero aquí te reivindico María Coronado
porque querré encontrarte en el cielo,
y allí, te encontraré
por llevar tu nombre en mi nombre.

Este es un ejemplo de poesía libre, en la que no hay una rima final, aunque sí la hay interna. Es un modelo fácil de seguir, pero es importante que lo que se diga, resuene en el interior del corazón de quien escribe.

Mi nombre completo es Francisca Isabel Campoy Coronado. Como a muchas primas de mi generación las bautizaron con el nombre de nuestra abuela, Francisca, y era difícil identificar a quién se llamaba cuando estábamos juntas, yo elegí ser identificada por mi segundo nombre, Isabel, pero siempre hice permanecer a mi abuela conmigo, aunque fuera a través de una inicial F. delante de mi nombre… ¡qué bastantes problemas me ha dado oficialmente! Mi padre eligió el nombre de Isabel porque dijo: "es un nombre de mujer fuerte", y eso intento que sea. La costumbre de un solo apellido en Estados Unidos forzó, al asumir mi nacionalidad norteamericana, el subir "Coronado" a la nube de mi corazón. Y allí sigue.

Para invitar a los estudiantes a escribir la historia de su nombre en forma de poema, sugiérales algunos de estos versos.

Mi nombre lo eligió (eligieron) _____.
Cuando nací ya sabían (todavía no sabían) mi nombre.
Mi nombre tiene _____ letras.
Significa _____.
Comparto mi nombre con (personas de la familia) _____.

Me enorgullece que mi nombre también sea el de (persona famosa) _____.

Mi nombre es único y eso me hace sentir _____.

Cuando oigo mi nombre me siento _____.

Tengo más de un nombre y estas son las personas que lo usan para llamarme _____.

Mi nombre ha cambiado; ahora me llamo _____.

El poder de la transformación

Libro: *Antes y ahora*

Es importante reflexionar, tanto para el adulto como para el estudiante, sobre el paso del tiempo y el aprendizaje que se acumula de un año a otro, o de una década a la siguiente. Mediante ese aprendizaje nos hacemos más fuertes, más compasivos, más generosos y nos atrevemos, en alguna medida, a ser agentes del cambio social necesario en cuanto nos rodea.

ANTES Y AHORA
F. ISABEL CAMPOY

Antes no hablaba más que un idioma.
Ahora hablo más de dos.

Antes no comprendía la importancia de mi ejemplo.
Ahora lo comprendo al ver mi huella en mi familia.

Antes no sabía que cantar y reír cada día es necesario.
Ahora sé la importancia de la alegría.

Antes no leía las etiquetas de comida en los mercados.
Ahora las leo para saber si es saludable lo que como.

Antes no daba importancia a ser quien soy.
Ahora le doy mucha importancia a llevar a una mujer latina en
  mi corazón.

Se han elegido aquí cinco verbos que presentan el pareado de contraste entre "antes" y "ahora". En cada estrofa de dos versos se presenta un concepto que se contrasta entre el primero y el segundo verso. El lector podrá usar los verbos del ejemplo o aquellos que le ofrezcan más posibilidades de contar su "antes" y su "ahora". Para los estudiantes más jóvenes, los ejemplos tendrán que ser más sencillos. También en este caso, debemos dejar que los jóvenes autores elijan los verbos que mejor describen su situación.

ANTES Y AHORA

Antes no compartía mis juguetes.
Ahora comparto lo que tengo, en casa y en la escuela.

Antes no pedía las cosas por favor.
Ahora siempre digo "gracias" y "por favor".

Antes no leía antes de dormir.
Ahora leo con mi mamá todos los días.

Antes no tenía una tarjeta de la biblioteca.
Ahora saco libros de la biblioteca cada semana.

Antes no comía frutas ni verduras.
Ahora las como porque son buenas para mi salud.

Nuestras relaciones humanas

Libro: *Una persona en mi vida*

Todo ser humano es, en esencia, una persona social. Nuestra vida está estrechamente ligada con la de nuestra familia, nuestro entorno y nuestra cultura. Para que un ser humano crezca saludable, fuerte, inteligente y capaz, hacen falta otros adultos a su alrededor que hayan cuidado de ese aprendizaje, de ese crecimiento y de esa madurez. Y sin embargo, pocas veces elogiamos a quienes nos ayudaron en algún momento de nuestra vida. Lo que hicieron nuestros padres lo consideramos (si fue una experiencia positiva) su obligación. Lo que hicieron los maestros, lo entendemos como su objetivo profesional. Y así, pocas veces nos detenemos a pensar en las personas que han sustentado los aspectos más positivos de nuestra personalidad.

En este apartado les cantamos a los héroes silenciosos que ocupan los renglones de nuestra biografía. Veamos algunos ejemplos.

MI ABUELA
ALMA FLOR ADA

Oigo
Oigo sus pasos cuando entra a mi cuarto...

Finjo
Finjo estar todavía dormida para que me tome en sus brazos.

Huelo
Huelo su suave fragancia a talco fresco y a ilang-ilang.

Siento
Me siento segura y feliz de saber que pasaré el día a su lado.

Sufro

Sufro al pensar que muchos niños nunca han conocido un cariño como el de ella.

Deseo

Deseo que su recuerdo permanezca en la memoria de mi familia.

Prometo

Prometo hacer lo posible para compartir lo que aprendí de ella.

Me imagino

Me imagino que la haría feliz saber cuánto la recuerdo.

Espero

Espero que sus sueños de justicia, equidad y paz se conviertan en realidad.

Creo

Creo en la vida y en poder del amor.

Soy

Soy una nieta agradecida.

Este ejemplo muestra cómo varios verbos dan pie al recuerdo y a la reflexión sobre una persona. En este caso el poema es un homenaje sencillo y sentido a una abuela.

Proponga varios verbos en la primera persona del tiempo presente a los estudiantes. Asegúrese de que algunos verbos se refieran:

- a los sentidos: oigo, veo, huelo…
- a sentimientos: me alegro, sufro, deseo…
- a futuras acciones: prometo, espero…
- a afirmaciones: creo, soy…

Del ayer al mañana

Libro: *De dónde vengo*

Para escribir este poema le sugerimos a quien vaya a escribirlo que trate de recordar e imaginar su infancia a una determinada edad. Una vez identificado el momento pueden seguir los siguientes pasos:

1. Enumere los elementos más memorables de su casa, su calle o su ciudad, tal como los recuerda.

2. Piense en el ambiente que se respiraba en aquel hogar. Descríbalo.

3. Escriba el nombre de sus padres, o personas que le cuidaron en su infancia. Diga algo positivo sobre ellas.

4. Recuerde frases, proverbios o dichos que oyó repetir en su infancia y que hicieron mella en usted.

5. Mencione comidas que eran frecuentes en las reuniones familiares, o que miembros de la familia preparaban.

6. Piense en los principios sociales, culturales o políticos que le fueron inculcados en su infancia y cómo han influido en su vida adulta y reflejan quién es.

7. Afirme el legado que recibió y el que deja a las siguientes generaciones.

DE DÓNDE VENGO
F. Isabel Campoy

Vengo de una calle que da al desierto
y de balcones que miran al mar.

Vengo del olor a ropa tendida al sol,
ruidos en la cocina. Risas en el comedor.

Vengo de María y Diego, campesinos y poetas,
trabajadores del amor.

Vengo de jugar a hacer castillos en la arena,
de hacer juguetes de barro y dejarlos secar al sol.

Vengo de un arroz amarillo,
buñuelos de azúcar en Pascua
y turrones en Navidad.

Vengo de "Haz bien y no mires a quién"
de "A quien madruga, Dios le ayuda"
y de "Atrévete siempre a defender quien eres".

Vengo de la dureza del trabajo.
Vengo del orgullo que da la dignidad.

Vengo de mirar atrás y recordar de dónde vengo,
para no olvidar nunca, que la vida se hace al andar.

Ha sido frecuente en nuestra experiencia, al dirigir estos poemas trabajando con maestros, que la naturaleza personal y sentimental de estos recuerdos (no siempre positivos) puede entristecer a los futuros escritores adultos. También hemos comprobado el valor redentor de la palabra.

DE DÓNDE SOY

Camille Rose Zubizarreta. Castilleja School. Otoño 2006

Soy del océano
de las olas que me llevan y me traen,
sosegándome.
Soy de Santa Clara
mi pueblo
el lugar donde crecí
y recordaré siempre.
Soy de SeaWorld
mi lugar preferido
donde me siento cómoda.
Soy de Castilleja.
Todas mis amigas son de allí
y mis ratos más divertidos
son los que paso con ellas.

Soy de la sabrosa comida mexicana
que comparto con mi familia
en días de fiesta.
El delicioso sabor de los burritos,
el arroz y los tamales
acerca a todos en la familia.
Soy del sabor ácido del queso
Cheddar, Manchego, Jack…
cada uno con su sabor único.
Soy del dulce olor de los rollos de canela
en el Día de Acción de Gracias,
del sabor a azúcar y canela
del pan hecho a mano
de textura perfecta.

Soy de "no hay pero"
que me dice mi padre
para enseñarme una lección
cuando lo desafío.
Soy de Ayla
el nombre secreto
con el que me llama mi hermanita.

Soy de "la próxima vez lo harás mejor"
palabras con las que mi familia me anima
palabras que me ayudan
en los momentos difíciles.
Soy de Mimi,
mi apodo,
que me permite diferenciar
entre mis familiares y mis amigos cercanos.

Soy de mis padres.
Ellos me apoyan y me animan
en todo lo que hago.
No podría vivir sin ellos.
Soy de mis dos hermanitas
payasas y graciosas que nunca dejan
de hacerme sonreír
y me alegran cada día.
Soy de mis amigos
las personas que siempre estarán conmigo
del mismo modo
que yo estaré con ellas.

Crear una antología

Una antología poética es una colección de poemas. Los poemas pueden ser de varios poetas o de uno solo. Muchos autores han recogido los poemas de otros escritores y han creado con ellos antologías.

Es fácil crear una antología poética. Todo lo que se necesita es un cuaderno, unas hojas de papel o abrir un archivo en la computadora. Elegir y copiar los poemas para la antología personal debe ser una tarea muy grata.

En primer lugar se pueden elegir los poemas que más nos gusten. Cada poema debe tener un significado especial para quien lo elige. Se puede escoger por el tema, por lo que dice, por una imagen que nos ha resultado sorprendente, por alguna palabra que nos ha llamado la atención o por los sentimientos que nos ha inspirado. Al copiarlo, hay que incluir el nombre del autor y, si se sabe de qué libro proviene, debe indicarse también.

Hay muchos modos de embellecer la antología con ilustraciones o fotos y con el tipo de letra que se elija. La antología será un regalo que nos hacemos a nosotros mismos. Vale la pena hacerlo lo más bello posible. En la cubierta y en la página del título debe aparecer el nombre de quien creó, o compiló, la antología.

Hay muchos tipos de memoria: la memoria visual, que nos permite recordar lo que vemos; la memoria auditiva, que nos permite recordar lo que oímos, y la memoria motriz, que nos permite recordar lo que escribimos. Cuando leemos un poema en silencio, activamos la memoria visual. Cuando lo leemos en voz alta, activamos la memoria visual y la auditiva. Cuando además lo escribimos, activamos la memoria motriz.

Por eso, a la hora de escribir nuestros propios poemas, los que hayan quedado grabados en las distintas memorias nos ayudarán a imaginar nuevos poemas nuestros, alimentarán nuestra imaginación y nos facilitarán encontrar las palabras que cementen el camino de nuestros propios versos.

▶ Dar rienda libre a la creatividad ▪

> La poesía y el alma de los niños se dan la mano por el camino de los deslumbramientos. La poesía busca nuevos modos de decir la realidad que los niños descubren con ojos nuevos. La poesía encuentra apoyo en asociaciones sorprendentes y para los niños toda asociación es sorpresa. La poesía renueva el lenguaje, rearmando las palabras musicalmente y el lenguaje de los niños es recreación. La poesía se adentra en los hondones del alma para descubrir sus secretos y los niños viven con el alma al descubierto.
>
> de *La poesía infantil en Hispanoamérica*, ALMA FLOR ADA

Los formatos y sugerencias que se han proporcionado puede ser útiles para estimular la creación y servir de apoyo. Pero no debe descartarse el animar a los estudiantes a escribir poesía libremente. Reserve algún momento para invitar a sus estudiantes a escribir libremente. A este momento de creación se le puede dar un significado especial poniendo una música suave de fondo, como música barroca o flautas andinas o japonesas.

Recuérdeles los principios básicos para escribir poesía. Pero sobre todo, asegúreles a los estudiantes que todo lo que escriban estará bien. Es decir, que no hay ninguna exigencia de fondo o forma, solo que lo que escriban sea significativo para ellos.

Antes de que compartan sus poemas, insista en que todos los comentarios que les hagan a sus compañeros sean positivos. Por último, invítelos a leer en pequeños grupos lo que han escrito y a aceptar comentarios y sugerencias.

RELACIÓN CON EL HOGAR

Los estudiantes que conversan frecuentemente con sus padres o familiares de temas significativos tienen un mayor éxito académico, independientemente del nivel socioeconómico o educativo de los padres. No se trata de que conversen sobre temas del currículo escolar, sino que hablen de algo que tiene sentido: el trabajo de los padres, las personas que conocen, los recuerdos de la infancia, la historia familiar o cualquier asunto de interés.

Lamentablemente, este tipo de conversación no se da en muchos de los hogares. Hay factores que contribuyen a que los padres no pasen tiempo con sus hijos: los padres trabajan muchas horas, con frecuencia a deshora, y emplean mucho tiempo en desplazarse al trabajo. Sin embargo, posiblemente la razón principal de que estas conversaciones no tengan lugar es que los padres ignoran la importancia que tienen para el futuro de sus hijos.

Muchos padres, al no haber tenido la oportunidad de recibir una educación escolar, piensan que no tienen nada de importancia sobre lo cual hablar con sus hijos. Y el intercambio se limita a cosas muy concretas del diario vivir. La mayor parte de los padres, sin embargo, tienen mucho que compartir. Aun si no han ido a la escuela, se han graduado de la más exigente de las universidades: la Universidad de la Vida. En el proceso de la lucha por subsistir y mantener a la familia se aprende mucho, aunque ese conocimiento no se valore con un diploma.

En lo que respecta al lenguaje, los padres pueden saber nanas o arrullos, rimas y canciones, refranes y dichos, fábulas y cuentos populares. Es posible que nunca los hayan compartido porque no les conceden valor, ya que fue algo que aprendieron de forma oral en la infancia. La escuela puede fomentar sin gran esfuerzo las conversaciones significativas en el hogar y el reconocimiento de lo que los padres conocen. La poesía es un excelente vehículo para conseguirlo.

Los estudiantes, independientemente de la edad y nivel, deben salir de la escuela cada día con el regalo de un nuevo poema y la sugerencia de compartirlo en el hogar. También se les deben dar preguntas destinadas a acceder al conocimiento de los padres. A continuación se ofrecen sugerencias para fomentar la relación con el hogar de manera efectiva.

▶ Compartir el poema del día

Invite a los estudiantes a compartir en casa el poema del día. Sugiérales que lo lean, o lo reciten, a sus padres o familiares. Y que conversen sobre el poema. Proponga preguntas que pueden hacer en casa. Aunque las preguntas se adaptarán a cada poema, a continuación se incluyen algunas preguntas generales que se aplican a la mayoría de poemas.

- ¿Qué te gustó más de este poema?
- ¿Te recuerda algo?
- ¿Te has sentido alguna vez así?
- ¿Conoces a alguien que piense de esa manera?
- ¿Hay algo que dice el poema que tú sientes/sabes de otro modo?
- ¿Hay alguna palabra que dices de otra manera?

▶ Descubrir la poesía que los padres conocen

Con toda seguridad los padres tienen experiencia de primera mano con la poesía, aunque quizá no tengan conciencia de ello. Hay poesía en las nanas o arrullos populares con los que se duerme a los niños, hay poesía en las rimas de los juegos tradicionales, en muchos refranes y en algunas canciones.

La riqueza y variedad de la tradición oral que los padres conocen puede convertirse en:

- antologías creadas individualmente por cada alumno
- antologías de la clase a las que cada alumno contribuye

Los libros que se creen con aportes de los padres —aunque cada libro tenga su título particular— se pueden agrupar bajo una colección con un título como *Sabiduría de nuestras familias*. De esta manera se les reconoce a los padres su papel de educadores.

Puede procederse de manera similar con cada una de las manifestaciones de la tradición oral. Por ejemplo, si se tratara de los refranes:

- Primero se explica en qué consisten los refranes. Se leen los ejemplos y se recogen otros refranes que los estudiantes conozcan.
- Se anima a los estudiantes a llevar a casa los ejemplos y a compartirlos con sus padres y familiares.
- Después de compartirlos, los estudiantes preguntan a sus padres y familiares qué refranes conocen y los escriben.
- Los estudiantes comparten en clase los refranes conocidos por los padres.
- Se crea una antología colectiva de refranes, asegurándose de incluir el nombre de los padres que han reconocido los refranes o que han aportado alguno nuevo. Los estudiantes pueden también crear antologías individuales.

Las conversaciones que debemos fomentar entre niños y padres no se limitan a las relacionadas con la poesía y el folclore tradicional. Nos hemos reducido a estos ejemplos por la naturaleza de este libro. Para ver ejemplos de otras actividades que pueden llevarse a cabo con los padres, recomendamos la lectura de *A Magical Encounter: Latino Literature in the Classroom* por Alma Flor Ada y de *Authors in the Classroom: A Transformative Education Process* por Alma Flor Ada y F. Isabel Campoy. En estos libros se trata ampliamente la interacción entre la escuela y el hogar.

APÉNDICES

 Poesía para el disfrute de los maestros

Como se ha dicho, no hay pedagogía mejor que la del ejemplo. Y nada podemos enseñar mejor que aquello en lo que creemos o aquello que amamos. Esta sección es una invitación a leer y disfrutar de la buena poesía. Hay una enorme abundancia de excelente poesía en lengua española en todo el ámbito hispanohablante. Aquí ofrecemos solo algunos ejemplos, que hemos organizado en base a ciertos temas generales. Esperamos que sirvan de motivación para descubrir muchos más.

Poesía sobre el amor

Gustavo Adolfo Bécquer – *Rimas*
Antonio Machado – *Canciones a Guiomar*
Pablo Neruda – *Veinte poemas de amor y una canción desesperada*
Pedro Salinas – *La voz a ti debida; Razón de amor*

Poesía sobre la mujer

Rosario Castellanos
Sor Juana Inés de la Cruz
Juana de Ibarborou
Gabriela Mistral
Alfonsina Storni

Poesía mística

San Juan de la Cruz
Santa Teresa de Jesús

Poesía sobre la muerte de un ser querido

Federico García Lorca – "Llanto por Ignacio Sánchez Mejía"
Miguel Hernández – "Elegía a Miguel Sijé"
Antonio Machado – "A José María Palacio"
Jorge Manrique – "Coplas a la muerte de mi padre"

Poesía sobre la naturaleza

Rafael Alberti – *Marinero en tierra*
Gerardo Diego – *Soria. Galería de estampas y efusiones*
Antonio Machado – *Campos de Castilla*

Poesía sobre la serenidad

Fray Luis de León – "Oda a la vida retirada"
Jorge Guillén – *Cántico*
Pedro Salinas – *Confianza*

Poesía social

Ernesto Cardenal
Francisco de Quevedo
Nicolás Guillén
César Vallejo

Poesía sobre la herencia africana en Hispanoamérica

Manuel del Cabral
Nicolás Guillén
Luis Palés Matos

Grandes poetas que escriben sobre diversos temas

Mirta Aguirre
Mario Benedetti
Jorge Luis Borges
Arturo Corcuera
Rosalía de Castro
Washington Delgado
Manuel Gutiérrez Nájera
Vicente Huidrobo
José Martí
Octavio Paz
Alejandra Pizarnik

Nueva canción (poesía de tema social hecha canción)

La poesía y la canción suelen ir de la mano. El movimiento de la Nueva canción ha sido muy importante en Hispanoamérica y España. A veces un compositor les pone música a los poemas de un poeta, como ocurre cuando Serrat canta los poemas de Antonio Machado o de Miguel Hernández. En otras ocasiones los cantantes eligen poemas o canciones tradicionales, pero también es posible que la letra sea creación del propio cantautor. Estos son algunos de los que han contribuido al desarrollo de este género:

Joan Báez
Víctor Jara
Jacinto Milanés

Violeta Parra

Suni Paz

Quilapallún

Silvio Rodríguez

Joan Manuel Serrat

Mercedes Sosa

Atahualpa Yupanqui

Poesía para el disfrute de los estudiantes

Hemos seleccionado algunos títulos destacados entre la amplia producción poética que numerosos autores han dedicado a los niños y jóvenes. Incluimos, además, algunos libros en rimas para los más pequeños. También se incluyen algunas ediciones bilingües. Las incluimos porque los poemas en español que aparecen en esas ediciones no son traducciones sino que fueron escritos originalmente en ese idioma.

Antologías de poesía

Ada, Alma Flor (ed.). *Días y días de poesía.* Carmel, CA: Hampton-Brown, 1991.

Ada, Alma Flor. *Todo es canción.* Antología poética. Ilustrado por María Jesús Álvarez. Miami, FL: Santillana, 2010.

Ada, Alma Flor y F. Isabel Campoy (eds.). *Antón Pirulero.* Ilustrado por Gloria Calderas, Julián Cicero, Blanca Dorantes, Patricio Gómez, Gabriel Gutiérrez, Claudia de Teresa, Felipe Ugalde. Miami, FL: Santillana, 2000.

——. *Chuchurumbé.* Ilustrado por Julián Cícero, Felipe Dávalos, Constante "Rapi", Alain Espinosa, Luis García-Fresquet, Dimitrios Gubalis, Gabriel Gutiérez, Claudia Legnazzi, Enrique Martínez, Felipe Ugalde, Federico Vanden Broeck. Miami, FL: Santillana, 2000.

——. *Mambrú.* Ilustrado por Gloria Calderas, Carmen Cardemil, Felipe Dávalos, Isaac Hernández, Claudia Legnazzi, Enriqu Martínez, Fabricio Vanden Broeck. Miami, FL: Santillana, 2000.

——. *Pimpón.* Ilustrado por Felipe Dávalos, Alain Espinoza, Isaac Hernández, María Eugenia Jara, Manuel Monroy, Sofía Suzán, Claudia de Teresa. Miami, FL: Santillana, 2000.

Campoy, F. Isabel. *Poesía eres tú.* Ilustrado por Marcela Calderón. Miami, FL: Santillana, 2014.

Bornemann, Elsa Isabel (ed.). *Poesía. Estudio y antología de la poesía infantil.* Zaragoza, España: Editorial Latina, 1976.

Elizagaray, Alga Marina (ed.). *Por el mar de las Antillas… Selección de poesía cubana para niños.* Ilustrado por Reinaldo Alfonso. México D. F., México: Ediciones El Caballito, 1983.

Lacarta, Manuel (ed.). *Poesía del Siglo de Oro para niños.* Ilustrado por Carmen Sáez. Madrid, España: Ediciones de la Torre, 1997.

Machado, Antonio. *Antología poética.* México D. F., México: Santillana, 2008.

Pelegrín, Ana (ed.). *Letras para armar poemas.* Ilustrado por Tino Gatagán. México D. F., México: Santillana, 2007.

——. *Poesía española para jóvenes.* Ilustrado por Juan Ramón Alonso. Madrid, España: Santillana Infantil y Juvenil, 2008.

——. *Poesía española para niños.* Madrid, España: Santillana Infantil y Juvenil, 2011.

Pellicer, Carlos. *Árbol del trópico.* México D. F., México: Santillana, 2010.

Suzán, Gerardo (ed.). *Al viento antología de Haikús.* Ilustrado por Gerardo Suzán. México D. F., México: Santillana, 2008.

Antologías de poemas y rimas de la tradición oral

Ada, Alma Flor y F. Isabel Campoy (eds.). *Mamá Goose. A Latino Nursery Treasury. Un Tesoro de rimas infantiles.* Ilustrado por Maribel Suárez. New York, NY: Hyperion, 2004.

——. *Merry Navidad. Villancicos en español e inglés. Christmas Carols in Spanish and English.* Ilustrado por Viví Escrivá. New York, NY: HarperCollins, 2007.

——. *¡Muu, Moo! Rimas de animales. Animal Nursery Rhymes.* Ilustrado por Viví Escrivá. New York, NY: HarperCollins, 2010.

——. *Pío Peep. Rimas tradicionales en español.* Ilustrado por Viví Escrivá. New York, NY: HarperCollins, 2003.

Andricaín, Sergio y Antonio Orlando Rodríguez. *Adivínalo si puedes.* Ilustrado por Ana María Londoño. Bogotá, Colombia: Panamericana, 2013.

Delacre, Lulú (ed.). *Arrorró, mi niño: Latino Lullabies.* New York, NY: Lee & Low Books, 2006.

——. *Arroz con leche: Popular Songs and Rhymes from Latin America.*
New York, NY: Scholastic, 1989.

——. *Las Navidades: Popular Christmas Songs from Latin America.*
New York, NY: Scholastic, 1990.

Gil, Bonifacio (ed.). *Cancionero infantil.* Madrid, España: Taurus, 1992.

Orozco, José Luis (ed.). *De colores and other Latin American Folk-songs
for Children.* Ilustrado por Elisa Kleven. New York, NY: Dutton, 1994.

——. Diez deditos: *Ten Little Fingers and Other Play Rhymes and Action
Songs from Latin America.* Ilustrado por Elisa Kleven. New York,
NY: Dutton, 1997.

Paz, Suni. *From the Sky of My Childhood / Del cielo de mi niñez.*
Smithsonian Folkways Record (audio CD), 1979.

Reyes, Yolanda (ed.). *El libro que canta.* Ilustrado por Cristina López.
México D. F., México: Santillana, 2015.

▶ Poemarios

Ada, Alma Flor. *Abecedario de los animales.* Ilustrado por Viví Escrivá.
Madrid, España: Espasa-Calpe, 1990.

——. *Abecedario de los animales.* CD. Música y voz Suni Paz. Madrid,
España: Espasa-Calpe, 1990.

——. *Arrullos de la sirena.* Ilustrado por Jairo Linares Landínez. Bogotá,
Colombia: Panamericana, 2014.

——. *Coral y espuma. Abecedario del mar.* Ilustrado por Viví Escrivá.
Madrid, España: Espasa-Calpe, 2003.

——. *Coral y espuma.* CD. Música y voz Suni Paz. San diego, CA: Del Sol
Publishing, 2004.

——. *Gathering the Sun* (abecedario bilingüe sobre los campesinos).
Ilustrado por Simón Silva. New York, NY: HarperCollins, 1997.

——. *Gathering the Sun* (poemas en español). CD. Música y voz Suni Paz.
San Diego, CA: Del Sol Publishing, 1997.

Aguirre, Mirta. *Juegos y otros poemas.* Ilustrado por Tulio Raggi.
La Habana, Cuba: Editorial Gente Nueva, 1974.

Alarcón, Francisco. *Angels Ride Bikes and other Fall Poems / Los ángeles andan en bicicleta y otros poemas de otoño.* Ilustrado por Maya Cristina González. San Francisco, CA: Children's Book Press, 1999.

——. *Animal Poems of the Iguazu / Animalario del Iguazú.* Ilustrado por Maya Cristina González. San Francisco, CA: Children's Book Press, 2008.

——. *From the Bellybutton of the Moon and other Summer Poems / Del ombligo de la luna y otros poemas de verano.* Ilustrado por Maya Cristina González. San Francisco, CA: Children's Book Press, 1998.

——. *Iguanas in the Snow and other Winter Poems / Iguanas en la nieve y otros poemas de invierno.* Ilustrado por Maya Cristina González. San Francisco, CA: Children's Book Press, 2001.

——. *Laughing Tomatoes and other Spring Poems. Jitomates risueños y otros poemas de primavera.* Ilustrado por Maya Christina Gonzalez. San Francisco, CA: Children's Book Press, 1997.

Argueta, Jorge. *Arroz con leche / Rice Pudding. Un poema para cocinar / A Cooking Poem.* Ilustrado por Fernando Vilela. Toronto, ON, Canadá: Groundwood Books, 2010.

——. *Sopa de frijoles / Bean Soup. Un poema para cocinar / A Cooking Poem.* Ilustrado por Rafael Yockteng. Toronto, ON, Canada: Groundwood Books, 2009.

Arístides, César. *Mañanas de escuela.* Ilustrado por Paulina Barraza. México D. F., México: Santillana, 2013.

Bornemann, Elsa. *Amorcitos Sub-14.* Ilustrado por Mauriel Frega. México D. F., México: Santillana, 2013.

——. *El espejo distraído.* Ilustrado por Matías Trillo. Buenos Aires, Argentina: Alfaguara, 2011.

——. *Tinke-tinke.* Ilustrado por Huadi. México D. F., México: Santillana, 2005.

Cardenal, Ernesto. *Ernesto Cardenal para niños.* Edición preparada por Jesús A. Remacha. Ilustrado por Carmen Sáez. Madrid, España: Ediciones de la Torre, 1990.

Chericián, David. *Juguetes de palabras.* Ilustrado por Nancy E. Granada Sabogal y Henry Javier González Torres. Bogotá, Colombia: Panamericana, 1997.

Corcuera, Arturo. *Noé delirante*. Ilustrado por Rosamar Corcuera. Lima, Perú: Alfaguara, 2013.

Cueto, Mireya. *Versos de pájaros*. Ilustrado por David Lara. México D. F., México: Santillana, 2010.

Darío, Rubén. *Margarita*. Ilustrado por Monika Doppert. Caracas, Venezuela: Ekaré / Banco del libro, 1983.

Feliciano Mendoza, Ester. *Nanas*. Río Piedras, PR: Editorial Universitaria, 1970.

Ferrán, Jaime. *Cuaderno de música*. Madrid, España: Miñón, 1983.

——. *La Playa Larga*. Ilustrado por Adolfo Calleja. Madrid, España: Miñón, 1981.

González Díaz, Josemilio. *La niña y el cucubano. Poemas para los niños de Puerto Rico*. San Juan, PR: Instituto de Cultura Puertorriqueña, 1985.

Granados, Antonio. *Canciones para llamar al sueño*. Ilustrado por Gerardo Suzán. México D. F., México: Santillana, 2002.

——. *Poemas de juguete*. Ilustrado por Paulina Reyes. México D. F., México: Santillana, 2004.

——. *Poemas de juguete II*. Ilustrado por Julián Cicero. México D. F., México: Santillana, 2014.

Jiménez, Juan Ramón. *Canta pájaro lejano*. Madrid, España: Espasa-Calpe, 1985.

——. *Poesía en prosa y verso*. Madrid, España: Aguilar, 1962.

Jiménez, Juan Ramón, Federico García Lorca y Rafael Alberti. *Mi primer libro de poemas*. Ilustrado por Luis de Horna. Madrid, España: Anaya, 1997.

Martí, José. *Los zapaticos de Rosa*. Ilustrado por Lulú Delacre. New York, NY: Lectorum, 1997.

Mistral, Gabriela. *Gabriela Mistral para niños*. Edición preparada por Aurora Díaz Plaja. Ilustrado por Aranxa Martínez. Madrid, España: Ediciones de la Torre, 1994.

Pescetti, Luis María. *Unidos contra Drácula*. Ilustrado por Poly Bernatene. México D. F., México: Santillana, 2013.

Rodríguez, Antonio Orlando. *El rock de la momia y otros versos diversos*. Ilustrado por Daniel Rabanal. Doral, FL: Santillana, 2015.

Sánchez, Gloria. *Sí, poesía.* Ilustrado por Patricia Castelao. México D. F., México: Santillana, 2013.

Shua, Ana María. *Las cosas que odio y otras exageraciones.* Ilustrado por Jorge Sanzol. México D. F., México: Santillana, 2013.

Torres Ruiz, Mariana. *Caleidoscopio.* Ilustrado por Mario Rosales. México D. F., México: Santillana, 2013.

Walsh, María Elena. *El Reino del Revés.* Ilustrado por Nora Hilb. México D. F., México: Santillana, 2013.

——. *Tutú Marambá.* Ilustrado por Vilar. Buenos Aires, Argentina: Sudamericana, 1977.

——. *Zoo loco.* Ilustrado por Silvia Jacoboni. México D. F., México: Santillana, 2005.

Biografías en verso

Basch, Adela. *Conoce a José de San Martín.* Ilustrado por Paola De Gaudio. Miami, FL: Santillana, 2012.

Lázaro León, Georgina. *Conoce a Gabriela Mistral.* Ilustrado por Sara Helena Palacios. Miami, FL: Santillana, 2012.

——. *Conoce a Pablo Neruda.* Ilustrado por Valeria Cis. Miami, FL: Santillana, 2012.

Relatos en verso

Ada, Alma Flor. *Cuéntame un cuento.* CD. Música y voz Suni Paz. San Diego, CA: Del Sol Publishing, 2004.

——. *Cuentos para todo el año.* CD. Música y voz Suni Paz. Miami, FL: Santillana, 1999.

——. *El canto del mosquito.* Ilustrado por Viví Escrivá. Miami, FL: Santillana, 1999.

——. *La piñata vacía.* Ilustrado por Viví Escrivá. Miami, FL: Santillana, 1999.

——. *Libros para contar.* CD. Música y voz Suni Paz. Miami, FL: Santillana, 1999.

——. *Me gustaría tener.* Ilustrado por Viví Escrivá. Miami, FL: Santillana, 1999.

——. *Rosa alada.* Ilustrado por Viví Escrivá. Miami, FL: Santillana, 1999.

——. *¿Quién nacerá aquí?* Ilustrado por Viví Escrivá. Miami, FL: Santillana, 1999.

——. *Tres princesas.* CD. Música y voz Suni Paz. San Diego, CA: Del Sol Publishing, 2004.

——. *Una extraña visita.* Ilustrado por Viví Escrivá. Miami, FL: Santillana, 1999.

Álvarez, Julia. *El mejor regalo del mundo: La leyenda de la Vieja Belén.* Ilustrado por Ruddy Núñez. Miami, FL: Santillana, 2009.

Blanco, Alberto. *El blues de los gatos.* Ilustrado por Patricia Revah. México D. F., México: Santillana, 2014.

Chavelas, Rosalía. *El señor cosquillas.* Ilustrado por Gabriel Pacheco. México, D. F., México: Santillana, 2013.

Dahl, Roald. *Cuentos en verso para niños perversos.* Ilustrado por Quentin Blake. México D. F., México: Santillana, 2007.

——. *¡Qué asco de bichos! El cocodrilo enorme.* Ilustrado por Quentin Blake. México D. F., México: Santillana, 2007.

Lázaro León, Georgina. *Don Quijote para siempre.* Ilustrado por Wally Rodríguez. Doral, FL: Santillana, 2015.

——. *El mejor es mi papá.* Ilustrado por David Álvarez. San Juan, PR: Santillana, 2003.

Machado, Ana María. *¿Dónde está mi almohada?* Ilustrado por Françesc Rovira. México D. F., México: Santillana, 2013.

——. *Mmm, ¡qué rico está!* Ilustrado por Françesc Rovira. México D. F., México: Santillana, 2013.

——. *¡Qué confusión!* Ilustrado por Françesc Rovira. México D. F., México: Santillana, 2013.

Merino, Ana. *El viaje del Vikingo soñador.* Ilustrado por Max. Doral, FL: Santillana, 2015.

Pelayos. *Sipo y Nopo un cuento de luna.* Ilustrado por Pelayos. México, D. F., México: Santillana, 2013.

Pombo, Rafael. *Pastorcita.* Ilustrado por Alekos. México D. F., México: Santillana, 2013.

San Vicente, Luis. *Festival de calaveras.* Ilustrado por Luis San Vicente. México D. F., México: Santillana, 2013.

Shua, Ana María. *Un circo un poco raro.* Ilustrado por Luciana Feito. México, D. F., México: Santillana, 2013.

——. *Una plaza un poco rara.* Ilustrado por Luciana Feito. México, D. F., México: Santillana, 2013.

Uribe, María de la Luz. *Cuenta que te cuento.* Ilustrado por Fernando Krahn. Barcelona: Juventud, 1979.

——. *Doña Piñones.* Ilustrado por Fernando Krahn. Caracas, Venezuela: Ekaré / Banco del Libro, 1987.

——. *La señorita Amelia.* Ilustrado por Fernando Krahn. Barcelona, España: Destino, 1983.

Poesía de temas informativos o de no ficción

Ada, Alma Flor y F. Isabel Campoy. *Azul y verde.* Miami, FL: Santillana, 2000.

——. *Brocha y pincel.* Miami, FL: Santillana, 2000.

——. *Caballete.* Miami, FL: Santillana, 2000.

——. *Lienzo y papel.* Miami, FL: Santillana, 2000.

——. *¡Sí! Somos latinos.* Ilustrado por David Díaz. Miami, FL: Santillana, 2014.

——. *Vuelo del quetzal.* Ilustrado por Orlando Cabañas, Alina Cabrera, Felipe Dávalos, Bruno González, Fabricio Vanden Broeck. Miami, FL: Santillana, 2000.

Carrera, Eduardo. *El sueño de una alubia.* Ilustrado por Amanda Mijangos. México, D.F., México: Santillana, 2013.

Lázaro León, Georgina. *¡Viva la tortuga!* Ilustrado por Walter Torres. Guaynabo, Puerto Rico: Santillana, 2004.

Rimas y juegos poéticos

Blanco, Alberto. *A, B, C.* Ilustrado por Patricia Revah. México D. F., México: Santillana, 2013.

——. *Dichos de bichos.* Ilustrado por Patricia Revah. México D. F., México: Santillana, 2014.

——. *Rimas y números.* Ilustrado por Patricia Revah. México D. F., México: Santillana, 2008.

Chaktoura, Julia. *El baúl de mis juguetes. Un libro sobre figuras y cuerpos.* Ilustrado por Karina Maddonni. Miami, FL: Santillana, 2004.

——. *El baúl de los oficios. Un libro sobre las vocales.* Ilustrado por Lancman Ink. Miami, FL: Santillana, 2004.

Chapela, Luz María. *La casa del caracol.* Ilustrado por Rodrigo Vargas. México D. F., México: Santillana, 2004.

Cinetto, Liliana. *El baúl de mi mundo. Un libro sobre los tamaños.* Ilustrado por Perica. Miami, FL: Santillana, 2004.

——. *El baúl de mis paseos. Un libro sobre nociones espaciales.* Ilustrado por Constanza Clocchiatti. Miami, FL: Santillana, 2004.

García, Edgar Allan. *Palabrujas.* Ilustrado por Eduardo Cornejo. México D. F., México: Santillana, 2008.

Gedovius, Juan. Cuáles animales. Ilustrado por Juan Gedovius. México D. F., México: Santillana, 2013.

Gutiérrez, Javiera. *El baúl de mis amigos. Un libro sobre el tiempo y las estaciones.* Ilustrado por Karina Maddonni. Miami, FL: Santillana, 2004.

——. *El baúl de mis fiestas. Un libro sobre los colores.* Ilustrado por Constanza Clocchiatti. Miami, FL: Santillana, 2004.

Hernández, Eufemia (ed.). *Palabrerías: Retahílas, trabalenguas, colmos, y otros juegos de palabras.* Ilustrado por Lilian Maa 'Dhoor. México D. F., México: Santillana, 2008.

Lome, Emilio Ángel. *Lotería de adivinanzas.* Ilustrado por Enrique Martínez. México D. F., México: Santillana, 2013.

——. *Versos que se cuentan y se cantan.* Ilustrado por Víctor García Bernal. México D. F., México: Santillana, 2013.

Ordóñez Cuadrado, Rafael. *Animales muy normales.* Ilustrado por Susana Fernández Igual. Madrid, España: Santillana, 2004.

——. *Un buen rato con cada plato.* Ilustrado por Susana Fernández Igual. México D. F., México: Santillana, 2007.

Pisos, Cecilia. *El baúl de mis animales. Un libro sobre los opuestos.* Ilustrado por Perica. Miami, FL: Santillana, 2004.

——. *El baúl de los transportes. Un libro sobre los números.* Ilustrado por Lancman Ink. Miami, FL: Santillana, 2004.

Robleda, Margarita. *Éste soy yo.* Ilustrado por Maribel Suárez. Miami, FL: Santillana, 2006.

——. *Jugando con las vocales.* Ilustrado por Maribel Suárez. Miami, FL: Santillana, 2006.

——. Muñeco de trapo. Ilustrado por Maribel Suárez. Miami, FL: Santillana, 2006.

——. *Patito, ¿dónde estás?* Ilustrado por Maribel Suárez. Miami, FL: Santillana, 2004.

——. *Ramón y su ratón.* Ilustrado por Maribel Suárez. Miami, FL: Santillana, 2004.

——. *Rana, rema, rimas. Canciones y cuentos 1 & 2.* CD. Miami, FL: Santillana, 2004.

——. *Rebeca.* Ilustrado por Maribel Suárez. Miami, FL: Santillana, 2004.

——. *Sana, ranita, sana.* Ilustrado por Maribel Suárez. Miami, FL: Santillana, 2004.

——. *Sueños.* Ilustrado por Maribel Suárez. Miami, FL: Santillana, 2004.

Román, Celso. *Mi papá es mágico.* Ilustrado por Alekos. México D. F., México: Santillana, 2013.

Teatro en verso

Sastre, Alfonso. "Historia de una muñeca abandonada". *Ensayo general*, Alma Flor Ada, et al. San Diego, CA: Del Sol Publishing, 2004.

Pequeño diccionario de la rima

Hemos indicado que la poesía no necesita tener rima. Y que, cuando la tiene, debe procurarse que no sea una rima fácil o esperada, sino sorprendente. Este pequeño diccionario de la rima pretende ser una guía elemental que ayude a maestros y estudiantes a crear sus propias rimas. Está dividido en tres partes.

I. Terminaciones llanas y agudas frecuentes: incluye, ordenadas alfabéticamente, las terminaciones más frecuentes y un número selecto de palabras con esas terminaciones.

II. Terminaciones en palabra esdrújula.

III. Los verbos en la rima: breve observación sobre los verbos y sus tiempos, así como sugerencias sobre el uso de los verbos en las rimas.

 Terminaciones llanas y agudas frecuentes

. . . .

A

. . . .

–á

sustantivos/otros
mamá
papá
sofá

allá
ojalá

–aba

sustantivos
guayaba
haba
(la) traba

–able

sustantivos
cable
sable

adjetivos
aceptable
amable
culpable
deseable
entrañable
formidable
infatigable
irreprochable
memorable
perdurable
saludable
sociable
variable
venerable

–acia

sustantivos
audacia
burocracia

democracia
eficacia
suspicacia

–ad

sustantivos
afinidad
agilidad
amabilidad
autoridad
comunidad
dignidad
emotividad
fragilidad
honorabilidad
igualdad
lealtad
luminosidad
maternidad
naturalidad

oscuridad
sinceridad
totalidad
verdad
vitalidad
voluntad

–ada

sustantivos

almohada
arbolada
bandada
carcajada
embajada
ensalada
ensenada
entrada
llegada
manada
mirada
patada
rebanada
zarpada

adjetivos

ansiada
deseada
dorada
elevada
estudiada
helada
ilusionada
imaginada
improvisada
inspirada
mojada
osada
preciada
sosegada

–ado

sustantivos

abogado
agrado
arado
calzado
cuidado
diputado
enfado
estado
(el) helado
mercado
(el) pasado
soldado

adjetivos

afortunado
airado
aliado
apreciado
aseado
bordado
delicado
desatado
desconsolado
errado
esmerado
honrado
ilimitado
ilustrado
juzgado
mimado
nevado
preciado
reposado
rizado

–aje

sustantivos

carruaje
coraje
garaje

lenguaje
mensaje
pasaje
personaje
plumaje
traje
viaje

adjetivos

salvaje

–al

sustantivos

arenal
cereal
coral
espiral
festival
hospital
metal
mural

adjetivos

actual
brutal
central
digital
elemental
esencial
irreal
otoñal
social
tropical
vegetal

–án

sustantivos

ademán
caimán
capitán
faisán
huracán
imán

refrán
tucán
tulipán
volcán
Yucatán

–ano

sustantivos
anciano
aldeano
artesano
grano
gusano
mano
pantano
piano
(el) plano

adjetivos
americano
hispano
humano
lejano
lozano
sano
tirano
ufano
urbano
vano
vegetariano

–ante

sustantivos
diamante
(el) donante
elefante
estante
(el) tirante
tripulante

adjetivos y adverbios
abundante
adelante
brillante
constante
distante
durante
elegante
hipnotizante
importante
principiante
radiante
tolerante
triunfante
vibrante

–ario

sustantivos
abecedario
acuario
comentario
cuestionario
diccionario
dromedario
escenario
horario
poemario
salario
vecindario
vocabulario

adjetivos
diario
gregario
imaginario
legendario
literario
milenario
necesario
solidario

–ato

sustantivos
aparato
dato
gato
olfato
pato
rato
retrato
trato
zapato

adjetivos
barato
grato
insensato
sensato

–ava

sustantivos
(la) lava
pava

adjetivos
brava
doceava

–é

sustantivos
- bebé
- café
- chalé
- comité
- hincapié
- (el) porqué
- té

pronombres
- por qué
- qué

–eda

sustantivos
- alameda
- humareda
- rosaleda
- rueda
- seda
- vereda

–ela

sustantivos
- abuela
- acuarela
- canela
- ciruela
- escuela
- estela
- gacela
- habichuela
- novela
- rayuela
- vela

–encia

sustantivos
- adolescencia
- ciencia
- docencia
- elocuencia
- esencia
- herencia
- indiferencia
- inocencia
- paciencia
- prudencia
- residencia
- urgencia

–ente

sustantivos
- aliciente
- ambiente
- (la) corriente
- fuente
- gente
- mente
- puente
- serpiente

adjetivos
- caliente
- coherente
- consciente
- corriente
- creciente
- decente
- evidente
- inocente
- permanente
- potente
- prudente
- silente
- urgente
- valiente

–era

sustantivos
- acera
- barrera
- cabellera
- calavera
- carretera
- cera
- escalera
- (la) espera
- (la) fiera
- hilera
- lechera
- madera
- palmera
- pera
- primavera
- ternera

adjetivos y adverbios
- afuera
- entera
- playera
- viajera

–ero

sustantivos
- aguacero
- agujero
- compañero
- cordero
- crucero
- dinero
- esmero
- florero
- gallinero

heredero
hormiguero
sendero

adjetivos

altanero
aventurero
casero
duradero
embustero
extranjero
fiero
majadero
sincero
traicionero

sustantivos/adjetivos
que indican profesión

(no abusar de estas
rimas)

alfarero
banquero
bombero
chocolatero
granjero
panadero
repostero
titiritero
vaquero

–eta

sustantivos

atleta
avioneta
bicicleta
camioneta
chaqueta
galleta
libreta
pirueta
planeta
tarjeta

adjetivos

completa
coqueta
inquieta
perfecta
violeta

· ·

I

· ·

–í

sustantivos/adverbios

así
colibrí
pirulí
sí

–ía

sustantivos

alcancía
alegría
biología
caligrafía
cercanía
cobardía
cortesía
coquetería
día

dulcería
estadía
fantasía
fotografía
frutería
melancolía
melodía
tía
travesía
vía

–ible

adjetivos

apacible
creíble
horrible
increíble
inflexible

invisible
posible
risible
temible
terrible
visible

–ido

sustantivos

descuido
gemido
ladrido
ronquido
ruido
vestido
zumbido

adjetivos
- aburrido
- abatido
- agradecido
- bienvenido
- colorido
- comedido
- conocido
- dolorido
- escondido
- fallido
- florido
- merecido
- protegido
- repetido
- sufrido

–illa
sustantivos
- antilla
- arcilla
- ardilla
- bombilla
- cabecilla
- costilla
- cuartilla
- hebilla
- milla
- orilla
- pantorrilla
- polilla
- pesadilla
- rodilla
- rosquilla
- tortilla
- vainilla
- zapatilla

–illo
sustantivos
- anillo
- armadillo
- bolsillo
- castillo
- cepillo
- flequillo
- grillo
- ladrillo
- martillo
- nudillo
- palillo
- rastrillo
- rodillo
- tobillo
- tomillo
- zorrillo

adjetivos
- amarillo
- sencillo

–ín
sustantivos
- calcetín
- delfín
- festín
- jardín
- jazmín
- patín
- latín
- mocasín
- violín

adjetivos
- andarín
- saltarín

–ina
sustantivos
- aspirina
- cartulina
- cocina
- cortina
- disciplina
- encina
- espina
- esquina
- golondrina
- harina
- mandarina
- mina
- nectarina
- oficina
- piscina
- propina
- rutina
- sardina
- sobrina
- tina

adjetivos
- cristalina
- fina
- latina
- mezquina
- saltarina
- vespertina

–ino
sustantivos
- (el) adivino
- camino
- destino
- molino
- padrino
- pino
- sobrino
- submarino
- suspiro
- trino
- vecino

adjetivos
anodino
canino
capitalino
divino
equino
felino
genuino
matutino
latino
repentino
zangolotino

–ismo

sustantivos
alpinismo
altruismo
capitalismo
cataclismo
cubismo
idealismo
lirismo
mutismo
optimismo
pacifismo
pesimismo
realismo
sismo
turismo
vulgarismo

–ista

sustantivos
autopista
conquista
revista
turista
vista

sustantivos/adjetivos que indican ocupaciones
(no abusar de estas rimas)
alpinista
artista
bromista
ciclista
coleccionista
fabulista
florista
humorista
novelista
periodista
trapecista

adjetivos
alarmista
conformista
egoísta
idealista
lista
oportunista
realista
simplista

–ivo

adjetivos
activo
atractivo
compasivo
creativo
decisivo
distintivo
efectivo
emotivo
evasivo
expresivo
festivo
inventivo
positivo
selectivo
vivo

–iz

sustantivos
actriz
aprendiz
cicatriz
codorniz
desliz
lombriz
maíz
nariz
perdiz
raíz
tapiz

adjetivos
feliz
infeliz

–izo

sustantivos
chorizo
erizo
hechizo
mellizo
rizo

adjetivos
antojadizo
enamoradizo
escurridizo
huidizo
olvidadizo
rojizo

O

–oble

sustantivos
roble
redoble

adjetivos
doble
innoble
noble

–oda

sustantivos
boda
moda
oda
soda

–ojo

sustantivos
anteojo
antojo
arrojo
cerrojo
despojo
enojo
manojo
ojo
petirrojo
sonrojo

adjetivos
flojo
infrarrojo
rojo

–ola

sustantivos
amapola
bola
camisola
caracola
cola
crayola
farola
ola
(la) viola

–ón
(Las rimas en –**ción**
y –**sión** aparecen más
adelante.)

sustantivos
almohadón
anfitrión
balón
bombón
camión
campeón
corazón
jabón
león
limón
mechón
pantalón
perdón
ratón
salón
sillón
tazón
tesón
timón
unión

adjetivos
bravucón
burlón
glotón
gruñón
llorón

–or

sustantivos
autor
borrador
clamor
color
dolor
dulzor
error
favor
honor
horror
humor
lector
pensador
pudor
rigor
ruiseñor
rumor
señor
valor
vapor

adjetivos
abrumador
acogedor
adulador
delator
inspirador
mayor
mejor
volador

–oso

sustantivo
- coloso
- oso

adjetivos
- afectuoso
- caprichoso
- delicioso
- dichoso
- fabuloso
- famoso
- generoso
- gozoso
- grandioso
- hermoso
- impetuoso
- luminoso
- majestuoso
- ocioso
- orgulloso
- poderoso
- sigiloso
- talentoso
- valioso
- virtuoso

U

–ud

sustantivos
- actitud
- amplitud
- certitud
- esclavitud
- gratitud
- ineptitud
- inquietud
- juventud
- lentitud
- magnitud
- salud
- similitud
- virtud

–udo

sustantivos
- escudo
- nudo
- saludo

adjetivos
- agudo
- bigotudo
- cabezudo
- crudo
- menudo
- peludo
- picudo
- rudo
- viudo

–umbre

sustantivos
- certidumbre
- costumbre
- incertidumbre
- legumbre
- muchedumbre
- relumbre
- servidumbre
- vislumbre

–uno

sustantivos
- ayuno
- desayuno
- uno

adjetivos
- alguno
- gatuno
- inoportuno
- ninguno
- oportuno
- uno
- veintiuno

–ura

sustantivos
- abertura
- agricultura
- altura
- amargura
- anchura
- atadura
- aventura
- blancura
- censura
- cordura
- escultura
- finura
- frescura
- lectura
- locura
- pintura
- ruptura

soltura
ternura
travesura
verdura

adjetivos
madura
oscura
segura

–uto

sustantivos
atributo
fruto
instituto
luto
minuto
tributo

adjetivos
absoluto
astuto
bruto
diminuto
enjuto

. . . .

–CIÓN y –SIÓN

. . . .

En español hay muchas palabras que terminan en **–ción** y **–sión**, y tienen la misma pronunciación. Es una rima fácil y no debe usarse en exceso.

sustantivos
admiración
alfabetización
alusión
animación
aportación
aprobación
asimilación

atracción
compasión
confusión
decepción
educación
extensión
ilusión
migración

narración
omisión
posesión
reputación
solución
tensión
ubicación
visión

Terminaciones en palabra esdrújula

Hay que destacar que cuando un verso termina en palabra esdrújula se le resta una sílaba, ya que la penúltima sílaba se pronuncia con menos fuerza.

▶ Para formar rima consonante

–áfico

- biográfico
- demográfico
- fotográfico
- geográfico
- gráfico
- holográfico
- ortográfico
- tráfico

–ásico

- básico
- caucásico
- clásico
- jurásico
- potásico

–ático

- ático
- automático
- apático
- aromático
- carismático
- climático
- diplomático
- dramático
- estático
- fanático
- matemático
- mediático
- problemático
- simpático

–édula

- cédula
- crédula
- incrédula
- médula

–ético

- alfabético
- aritmético
- atlético
- cibernético
- cosmético
- energético
- ético
- frenético
- genético
- magnético
- polifacético

–ólogo

- astrólogo
- biólogo
- ecólogo
- monólogo
- prólogo

···▶ Para formar rima asonante

á – a – a

cámara
cáscara
lámpara
sábana

á – i – a

ácida
águila
ávida
básica
dádiva
fábrica
gramática
lámina
lápida
máquina
pálida
práctica
rápida
táctica
válida

á – i – o

ánimo
ávido
básico
cálido
cándido
grávido
hábito
ingrávido
pálido
pánico
plácido
práctico
rápido
tácito
válido

á – u – a

báscula
carátula
Drácula
espátula
fábula
párvula

á – u – o

ángulo
párvulo
rectángulo
triángulo

é – i – a

América
atlética
bélica
eléctrica
étnica
gélida
ibérica
magnética
médica
pérdida

é – i – o

crédito
esférico
esquelético
estrépito
séquito
término
tétrico

í – i – o

artístico
científico
cívico
físico
insípido
lírico
magnífico
mítico
pacífico
típico
vívido

ó – i – o

armónico
bólido
caótico
código
inhóspito
irónico
lógico
pictórico
simbólico
telefónico
teórico
trópico
zoológico

ú – i – o

cúbico
lúcido
lúdico
músico
público

Los verbos en la rima

El verbo en español puede indicar: A. acción, como *estudiar*, *correr*, *escribir*; B. estado de ánimo, como *imaginar*, *doler*, *reír*; C. fenómenos físicos naturales, como *granizar o llover*. Hay tres terminaciones de infinitivo que agrupan a los verbos en español: verbos que terminan en **–ar**, (*llamar*), en **–er** (*leer*) o en **–ir** (*escribir*). En el gerundio, las terminaciones son en **–ando** (*llamando*) o **–endo** (*leyendo*). En el participio, las terminaciones regulares son en **–ado** (*llamado*) o **–ido** (*leído*). Además, hay terminaciones irregulares: **–to** (*escrito*), **–so** (*impreso*), **–cho** (*hecho*).

Hemos dicho a lo largo de este libro, y queremos enfatizarlo aquí, que la rima que se forma al emparejar dos verbos en el mismo tiempo verbal es una rima fácil que debemos evitar. Puede darse de vez en cuando, pero debemos cuidarnos de no abusar de ese tipo de rima.

Si se van a combinar infinitivos, es preferible combinar verbos que expresen acciones físicas como *hablar* o *cantar* con otros que expresen acciones mentales como *imaginar*, *soñar*, *desear* o *aspirar*. Es natural que los alumnos recurran primero a los verbos que les son más familiares. Animarlos a pensar en otros no tan comunes no solo enriquecerá su vocabulario, sino que los ayudará a imaginar nuevas posibilidades. También se pretende que los estudiantes piensen en usos metafóricos de los verbos, como es el caso del verbo *abrazar* en esta expresión idiomática: *abrazar una idea*.

Verbos en –ar

Los más comunes: acciones físicas que se mencionan con frecuencia.

abrazar	cenar	llorar
agarrar	comprar	mirar
almorzar	desayunar	nadar
bailar	estudiar	reciclar
buscar	hablar	saludar
caminar	jugar	saltar
cantar	lavar	trabajar

Los que se deben fomentar para que sean parte del vocabulario activo de los estudiantes.

agradar	desempeñar	inspirar
alentar	endulzar	mejorar
amar	ensalzar	observar
anhelar	estimular	perdurar
animar	expresar	progresar
aspirar	facilitar	reflexionar
ayudar	honrar	respetar
colaborar	idealizar	soñar
contemplar	iluminar	tolerar
desear	imaginar	vincular

⬩⬩⬩▶ Verbos en −er

Los más comunes: que se mencionan con frecuencia.

barrer	hacer	poner
beber	leer	tener
comer	llover	toser
conocer	mover	querer
correr	poder	ver
creer		

Los que se deben fomentar para que sean parte del vocabulario activo de los estudiantes.

acoger	emprender	ofrecer
agradecer	enaltecer	prever
ascender	enmudecer	proponer
comprender	exponer	renacer
conmover	favorecer	restablecer
descender	fortalecer	reverdecer
desfallecer	interceder	sorprender
embellecer	mantener	trascender
emerger	merecer	

Verbos en −ir

Los más comunes: que se mencionan con frecuencia.

abrir
competir
cubrir
decir
dormir
elegir
escribir

imprimir
ir
oír
recibir
reír
repetir

salir
sentir
subir
venir
vestir
vivir

Los que se deben fomentar para que sean parte del vocabulario activo de los estudiantes.

abolir
acudir
admitir
atribuir
corregir
debatir
difundir
discernir
disminuir
exhibir
existir

impedir
influir
insistir
intervenir
nutrir
percibir
permitir
persistir
persuadir
presentir
prevenir

reducir
residir
reunir
revertir
sobresalir
suplir
surgir
transcurrir
transmitir
traslucir
urgir

ÍNDICE ALFABÉTICO

H

I

J

L

M

N

O

P

Q

R

S

T

V

ÍNDICE DE AUTORES